CW01329395

Nous serons des héros

DE LA MÊME AUTRICE

La Chambre des parents, Fayard, 1997 ; Le Livre de Poche, 2009.

Nico, Stock, 1999 ; Le Livre de Poche, 2001.

À présent, Stock, 2001 ; Le Livre de Poche, 2003.

Marée noire, Stock, 2004 ; Le Livre de Poche, 2005.

J'apprends, Stock, 2005 ; Le Livre de Poche, 2007.

L'amour est très surestimé (recueil de nouvelles), Stock, 2007 (bourse Goncourt de la nouvelle) ; J'ai lu, 2008.

Une année étrangère, Stock, 2009 (prix Jean-Giono) ; J'ai lu, 2011.

Avec les garçons suivi de *Le garçon* (recueil de nouvelles), J'ai lu, 2010.

Pas d'inquiétude, Stock, 2011 ; J'ai lu, 2013.

Avoir un corps, Stock, 2013 ; J'ai lu, 2015.

Nous serons des héros, Stock, 2015 ; J'ai lu, 2016.

Un loup pour l'homme, Flammarion, 2017 ; J'ai lu, 2018.

Jour de courage, Flammarion, 2019 ; J'ai lu, 2021.

Vivre vite, Flammarion, 2022 (prix Goncourt).

BRIGITTE GIRAUD

Nous serons des héros

ROMAN

J'AI LU

© Éditions Stock, 2015

Le Code de la propriété intellectuelle interdit les copies ou reproductions destinées à une utilisation collective. Toute représentation ou reproduction intégrale ou partielle faite par quelque procédé que ce soit, sans le consentement de l'auteur ou de ses ayants droit ou ayants cause, est illicite et constitue une contrefaçon sanctionnée par les articles L335-2 et suivants du Code de la propriété intellectuelle.

PREMIÈRE PARTIE

Nous vivions avec Max, que ma mère avait rencontré quand j'avais douze ans. Il nous avait sauvés un temps. Nous ne savions pas alors comment ça finirait, nous n'étions pas méfiants. Ma mère disait parfois que Max était mon père, pour simplifier. Elle n'aimait pas que nous nous fassions remarquer. Déjà que je parlais avec l'accent portugais. On m'appelait Olivier à la maison, mais parfois ma mère oubliait, et c'est Olivio qui revenait. Je pensais alors au Portugal et à notre vie d'avant, mais je ne me souvenais pas de tout. La chaleur dans l'appartement de Lisbonne, la clarté, le blanc de la façade, et la sensation sous les pieds nus quand je marchais sur le carrelage frais.

Je descendais une rue pour aller à l'école, puis des escaliers, ma mère m'accompagnait. Il n'y avait pas de bruit, sans doute pas de voitures dans le quartier, je percevais seulement un tremblement quand l'autobus passait et que nous marchions sur le bord. De la bordure peinte en blanc, je me souviens parfaitement, c'est comme si j'avais cherché l'équilibre sur cette bordure année après année. Je rejoignais Marco sur la place et nous continuions seuls notre chemin. Ma mère me laissait là mais peut-être n'était-ce que la dernière année, quand j'avais huit ans. Il y avait un cactus au milieu de la place et il ne fallait pas que notre ballon vienne se crever sur les épines. On avait peur pour le ballon, et en même temps on avait envie de faire l'expérience. On ne devait pas tirer non plus sur le linge qui séchait. À l'école on apprenait à chanter. Je me vois debout du côté de la porte, près d'une dame au piano. C'est pour cela, je crois, que je voulais devenir chanteur.

Nous étions le plus souvent déjà à table quand mon père arrivait. Il entrait dans la pièce, grand et vêtu de sombre. Je ne sais plus s'il venait tous les soirs. Il s'asseyait sur le balcon dans un fauteuil en osier, et il écoutait la radio. Je nous vois tous les trois dans l'appartement, mon père ouvrait les persiennes et se penchait à la fenêtre.

Il roulait en Vespa et je montais derrière. Nous rejoignions la maison avec le journal et le poisson que nous rapportions du port. Mon père garait sa Vespa dans un petit garage mal éclairé, avec au fond un établi. Nous étions parfois accroupis lui et moi, nous bricolions, et il demandait la clé de douze. Je ne sais plus comment on dit en portugais.

Je n'ai pas oublié le portugais mais il m'arrive de chercher certains mots. Je suis passé d'une langue à l'autre quand nous sommes passés d'un pays à l'autre, je n'ai pas eu de problème avec le français, alors que ma mère a toujours un fort accent. Elle dit qu'elle ne s'en défera jamais, mais je pense qu'elle préfère le garder. Cela fait partie des choses qui énervaient Max.

Avec mon père nous allions parfois au cap Espichel, un genre de bout du monde sauvage. Le vent soulevait la poussière et il y avait un phare en haut duquel nous montions. Nous prenions l'autobus et passions un pont qui n'en finissait pas. Mon père portait des espadrilles, je voulais moi aussi ce genre de chaussures avec de la corde enroulée sous le pied.

J'ai vécu huit ans avec mon père et je n'ai plus dans l'oreille le son de sa voix. Très peu son visage, ma mémoire n'a pas fixé ses traits. C'est sa silhouette qui s'est inscrite, grande et sombre, et lui sur la Vespa assis devant moi. Je vois surtout le flou de son pantalon quand il marchait dans la rue, ses cheveux épais. Je vois son corps maigre qui flotte dans son pantalon. Et je sens le vent. Quand je pense à mon père le vent se met à souffler.

Il était manutentionnaire sur le port et déchargeait les cargos. Il aurait dû avoir des épaules larges mais il était resté sec comme un hareng, selon l'expression de ma mère. Nous entendions la sirène du bateau en cours d'appareillage. C'était le signal pour aller travailler, alors il descendait. Après, il retrouvait les gars du parti dans un bistrot. Il rédigeait des tracts sur la table de la cuisine en buvant du café. Ma mère disait qu'il écrivait bien, il aurait pu être instituteur. Il y avait toujours l'odeur du café dans la maison. Il cachait les tracts au fond du garage et sous la selle de la Vespa. Je sais qu'il chantait. Chanter n'était pas interdit sauf le type de chansons qu'il aimait.

À ce moment-là nous étions surveillés, je ne me rendais pas compte de ce que cela signifiait. J'ai su par la suite que tout le monde surveillait tout le monde, et que certains vivaient dans la peur. Ma mère sursautait quand quelqu'un frappait à la porte, il fallait alors éteindre la radio. Elle m'emmenait dans la chambre, et son affolement m'inquiétait. C'est arrivé plusieurs fois, ma mère entendait des pas dans l'escalier, et puis non elle se trompait, il n'y avait personne qui montait jusqu'à notre étage. Elle entendait sûrement des pas à longueur de journée. Mais elle ne parlait jamais d'elle, comment savoir ce qu'elle avait dans la tête.

Un jour, pendant que j'étais à l'école, mon père a été arrêté. Je ne l'ai pas su tout de suite, ma mère racontait qu'il s'était embarqué sur un cargo pour travailler et qu'il allait bientôt revenir. Mon père a été absent plusieurs semaines sans que je me pose de questions, sans qu'il me manque vraiment. La vie ne me semblait pas différente, si ce n'est que ma mère ne me permettait plus de rester dehors pour jouer au ballon. Nous vivions enfermés et la seule sortie était le jardin botanique d'où l'on voyait l'océan. Je ne comprenais pas ce qui se passait. Rien ne me semblait anormal. J'ai su plus tard que mon père avait été dénoncé à la police, puis j'ai entendu parler de Salazar, dont le nom m'arrivait parfois par la radio, Salazar et la Pide, la police secrète d'État, des mots qui n'évoquaient rien pour moi.

J'ai habité ensuite quelque temps chez la sœur de ma mère, loin de la ville. Nous vivions dans une maison avec ma cousine Linda. Je me souviens de la terre rouge dans la cour, et des chats qui marchaient sur la margelle du puits. Ma tante nous interdisait de jouer à proximité. J'ai surtout gardé de cette période le vent qui soulevait la terre et ma tante qui se plaignait que le linge était rouge. Et aussi la plantation de fleurs de l'autre côté du mur, irriguée avec un système mis au point par mon oncle, avant qu'il ne soit réquisitionné par l'armée pour aller maintenir l'ordre en Angola. Nous n'allions pas à l'école, il n'y avait pas de village, seulement une église en bas d'un chemin sinueux, mais nous n'y sommes jamais entrés. Linda et moi transportions des jarres sur une charrette pour jouer, je sifflais la sirène d'un bateau et notre travail commençait, charger et décharger les jarres qui contenaient des semences de fleurs.

Je ne sais plus où nous dormions. Il y avait dans la maison une horloge qui sonnait. Je ne m'ennuyais pas, je m'asseyais sur les marches devant la porte, je n'étais ni inquiet ni étonné d'habiter là, je ne réclamais pas mes parents. C'était comme un rêve assez doux, très peu d'images me reviennent, les rosiers plantés le long d'un mur, ma cousine avec les doigts en sang, écorchés par les épines, et sa robe tachée, était-ce moi qui l'avais poussée ?

Ma tante portait un foulard sur les cheveux, qu'elle nouait sous le menton, y compris dans la maison. Elle l'avait dénoué une fois pour chasser une abeille, elle faisait de grands gestes et se raidissait, et je crois qu'à la fin il y avait dans la cour tout un essaim qui menaçait ma tante, mais il se peut que j'aie inventé cette scène, l'essaim aurait dû nous poursuivre aussi Linda et moi. Je ne crois pas avoir eu peur, simplement j'ai été impressionné. C'était comme un nuage qui se déformait en même temps qu'il avançait.

Un jour que nous étions sur le chemin pour aller chercher du lait, nous avons rencontré un homme qui marchait le dos courbé, appuyé sur un bâton. Il nous a confié son bidon pour que nous allions le remplir à la ferme. Au retour, le vieil homme nous a conduits chez lui, une maison isolée près d'un champ de blé. Nous sommes entrés dans une pièce obscure, avons accepté le verre d'eau qu'il nous proposait. Il y avait des bibliothèques remplies de livres le long des murs, et un globe terrestre qu'on pouvait toucher et faire tourner. L'homme nous a montré où nous étions sur le globe, voici le Portugal et voici l'océan. J'imaginais mon père sur un bateau et je me rendais compte de toute l'eau à la surface de la Terre. Je ne savais pas où j'aurais pu chercher mon père. C'était trop vaste et, pour la première fois, j'avais le sentiment que peut-être je ne le reverrais pas. Nous avons quitté la maison du vieil homme et j'ai essayé de chasser cette impression. C'était comme une intuition, quelque chose ne collait pas.

Un cyclone avait été annoncé, je dis cyclone mais je ne sais pas précisément. Ma tante nous avait interdit de sortir, avait fermé tous les volets et calfeutré les fenêtres. Elle avait rentré les poules et les lapins dans la pièce du bas, et nous avions partagé l'espace avec les animaux. Les poules voletaient sur la table, et l'odeur était désagréable. Nous attendions que le vent se lève, c'était excitant, enfin il se passait quelque chose. J'ai voulu savoir où était ma mère mais ma tante m'a rassuré, là où était ma mère il n'y avait pas de tempête, elle viendrait me chercher après. Nous avons attendu toute la soirée et, quand le vent s'est mis à souffler, j'ai compris pourquoi nous avions dû nous protéger. Il semblait que tout allait être emporté, les murs de la maison et nous avec. Il y avait de longs moments d'accalmie puis les sifflements reprenaient, de plus en plus puissants, et nous ressentions le souffle jusque dans notre ventre, nous percevions des craquements qui venaient de la charpente, des claquements, des rugissements comme s'ils avaient été émis par des animaux sauvages. Même le sol bougeait, un tremblement de terre semblait à l'œuvre sous nos pieds. Nous restions immobiles, assis à la table sur le banc, et nous regardions le visage de ma tante qui vacillait sous la lumière de la lampe-tempête. Il n'y avait plus d'électricité depuis les premières minutes, et nous nous trouvions dans une semi-obscurité. L'odeur des poules se mêlait à celle de la terre rouge qui s'infiltrait sous la porte d'entrée, la terre devait être retournée encore et encore sous les assauts du vent, devait s'élever en d'impossibles nuées, se déplacer et s'abattre sur les champs autant que sur les maisons, le bétail et les routes.

Ma tante a suggéré que nous dormions en bas, elle avait peur que, dans notre sommeil, la charpente ne nous tombe sur la tête, elle avait eu cette phrase, la charpente pouvait s'affaisser, et même le toit avec les tuiles et la cheminée. Nous sommes montés chercher nos matelas que nous avons étendus sur la tomette, et nous nous sommes allongés par terre malgré la présence des poules qui caquetaient d'affolement, et des lapins moins dérangeants puisque leurs petits corps s'étaient immobilisés d'emblée sous le buffet, sans venir nous renifler ni chercher compagnie. C'était comme si nous étions à bord d'un navire sur une mer en furie, et je pensais à mon père au lieu de m'endormir, qui devait essuyer la tempête sur un cargo qui se briserait peut-être contre les récifs.

Le lendemain matin, la tempête avait cessé. Quand nous avons ouvert la porte, la cour était une vaste étendue de terre nue. Tout avait été emporté, les clapiers, la cabane des poules, les bottes de paille sous l'auvent. Les filets qui protégeaient les plantations de fleurs avaient été déchirés. Seul le puits était là, debout dans la pierre, et tout était rouge, la margelle, le portail, les murs et le toit de la maison. À la tombée du soir, nous avons entendu des miaulements. Un chaton est sorti de nulle part, affamé, et le poil collé.

Ma mère est arrivée quelques jours plus tard. Elle est descendue d'une voiture conduite par un homme que je ne connaissais pas, un ami de mon père qui allait nous emmener à la gare. Ma mère a parlé longuement avec sa sœur dans un coin de la cuisine. J'ai demandé si je pouvais prendre le chat avec moi. Ma tante a mis le chat dans une boîte à chaussures, elle a fait des trous sur le dessus pour qu'il puisse respirer. Je suis monté dans la voiture et ma mère m'a expliqué que nous allions quitter le Portugal pour quelque temps, nous allions gagner la France, un pays tout proche. Nous allions habiter dans la famille de l'homme qui conduisait la voiture. Je ne connaissais pas la France, une image m'est venue du tour de France cycliste que mon père suivait, mais au moment où ma mère me parlait, tout s'est mélangé, je n'ai pas osé poser de vraies questions. Je tenais la boîte avec le chat sur les genoux. Il miaulait, et je devinais que cela énervait l'homme qui conduisait.

Nous avons attendu le train à la gare centrale de Lisbonne. C'était la première fois que je pénétrais dans le hall. Ma mère avait une valise et les billets à la main. Elle ne me regardait pas. J'ai demandé pourquoi nous ne retournions pas à la maison. Je n'ai jamais revu notre appartement, là je ne savais pas encore que mon père était mort. Je l'imaginais toujours à bord d'un bateau, qui chargeait et déchargeait des marchandises dans tous les ports du monde. J'ai su après qu'il avait été arrêté puis mis en prison, qu'on l'avait interrogé sans le laisser dormir. Je voulais savoir et en même temps je n'avais pas envie de savoir. J'avais peur des détails. Je me suis contenté de ce qu'on m'a dit, qu'il avait eu une crise d'asthme plus violente que celles qu'il avait à la maison.

Ma mère ne parlait de rien de particulier avec les gens assis près de nous dans le compartiment, elle disait que nous allions en Espagne, et j'ai compris que je ne devais pas dire autre chose. Nous partions avec un chat dans une boîte, cela ressemblait quand même à un déménagement. Le voyage a été long, nous sommes descendus au moment de passer la frontière avec l'Espagne, nous avons changé de train, nous avons essayé de dormir sur les banquettes. Ma mère avait emporté du pain, du poisson séché, des galettes. Je donnais à manger au chat installé sur mes genoux. Il n'était pas difficile, c'était un animal rescapé de la tempête, c'était peut-être le seul qui avait survécu, et il partait avec moi en France pendant que mon père voguait sur l'océan. Je l'ai appelé Oceano.

Il y a eu une nuit où j'ai commencé à avoir peur, ma mère, qui pensait que je dormais, s'est mise à pleurer. Avec le vacarme que faisait le train, je percevais seulement quelques sanglots qu'elle essayait de retenir. Je savais que nous quittions le Portugal parce que quelque chose de grave était arrivé. Je l'avais vu sur le visage de l'homme qui conduisait la voiture, il était sinistre et couvert d'une barbe de plusieurs jours. Ses yeux m'avaient effrayé, il ne m'avait pas pris dans ses bras mais m'avait serré la main comme si j'avais été un adulte. Une poignée de main austère, presque cérémonieuse. Sa façon de conduire, son silence, tout me disait que cette journée était un tournant, mais j'étais trop jeune pour comprendre ce qui se passait au Portugal. Nous étions quelques années avant la révolution, et j'ai su après que les derniers temps de la dictature avaient été particulièrement douloureux.

Je n'étais plus fixé que sur le chat que je devais protéger, je sentais que nous fuyions, et bientôt je saurais qu'au bout de la fuite il y avait l'exil. Au bout du voyage, il y avait la mort de mon père, et j'ai regretté de l'avoir appris trop tard, et trop loin. Ces quelques journées pendant lesquelles je n'avais pas su, ces journées pendant lesquelles je m'étais amusé avec ma cousine à pousser un chariot rempli de jarres, elles me manquent, elles m'empêchent de vivre dans le temps des autres. C'est comme si j'étais éternellement décalé. J'avais continué à jouer, à manger, à dormir, à regarder les nuages qui passaient devant le soleil, alors que mon père était mort et bientôt enterré. On m'avait tenu éloigné. Pendant qu'il était dans l'obscurité de sa prison sans dormir et peut-être sans manger, je l'avais imaginé habillé en marin sur le pont d'un navire, dans une pleine lumière.

Nous avons fait une deuxième halte, beaucoup plus longue cette fois. Ma mère disait que nous allions franchir les Pyrénées, une chaîne de montagnes hautes et enneigées. J'ai pensé que le Tour de France devait passer par là, mon père aimait quand les coureurs grimpaient les cols. Il disait que le vélo c'était grimper, la plaine on s'en fichait. J'ai cru que nous allions gravir des pics, mais le train est resté en bas, nous avons longé la mer et ça n'en finissait pas. Nous étions seuls à présent dans le compartiment. Nous y avons mangé puis dormi, et j'avais sommeil quand j'aurais pu regarder la mer, les voiliers, les bateaux de pêche. Ce n'était pas la même couleur que l'océan. Il faisait chaud, nous étions en juin, juste avant les vacances. J'ai demandé si nous allions voir mon père, je n'avais pas prévu d'en parler, c'est sorti tout seul. Ma mère, qui était debout contre la vitre ouverte et qui regardait vers l'horizon, ma mère n'a pas entendu à cause du vacarme du train. Elle s'est tournée vers moi et a voulu savoir si le chat dormait bien.

Des hommes en uniforme sont entrés dans le compartiment, ma mère a donné des papiers. Ils parlaient français, une langue qu'alors je ne connaissais pas. Ma mère m'a dit c'est la langue qu'on va apprendre, c'est important de bien parler. Elle a prononcé quelques mots en français, et fait aussi des gestes, elle montrait sa valise posée au-dessus de sa tête. J'ai dû ouvrir la boîte et ils ont regardé le chat. Celui qui avait une moustache a dit quelque chose en riant, mais je ne crois pas qu'il se moquait. Le chat avait pissé et le fond de la boîte était trempé. Il fallait que je trouve un panier. Nous avons dû descendre du train et attendre dans une salle surpeuplée ; des Portugais comme nous gagnaient la France. C'est ce que j'ai compris après, quand j'ai commencé à reconstituer notre histoire. Il y avait surtout des hommes et pas d'enfants. On pouvait boire de l'eau dehors à la fontaine, ma mère se mouillait le front. Elle a sorti des figues de son sac, puis elle a dit que nous avions fini les provisions, elle pouvait me donner le sac en corde pour transporter Oceano.

Nous sommes montés dans un train dont les rideaux étaient orange. Ma mère disait nous sommes en France, tu vois ici c'est la France. Elle parlait sur un ton nouveau. Le train longeait toujours la mer, parfois nous nous éloignions puis la mer était là à nouveau, dans une clarté étincelante. Ma mère était assise à côté de moi, elle a mis une main sur mon genou, puis sur ma cuisse et elle a dit que nous ne reverrions pas mon père. Elle a ajouté ton père est mort, il a été malade, on n'a pas pu le soigner. Elle n'a pas parlé de la prison, ni des raisons pour lesquelles nous quittions le Portugal. Les vitres du train étaient ouvertes et les rideaux orange bougeaient au-dessus de nos têtes, l'air était chaud, je n'ai pas posé de questions, rien ne me venait, j'avais d'un coup la tête vide, un grand trou, j'étais comme un bloc de pierre posé là, si lourd qu'il ne se détacherait plus de cette banquette de skaï qui collait à mes cuisses. Ma mère a passé la main dans mes cheveux, puis elle a caressé ma joue. D'habitude c'est mon père qui faisait ce geste le soir quand je me couchais. J'ai pensé à quelque chose d'idiot, j'ai demandé ce qu'on ferait de la Vespa. Je n'ai pas bougé. Le train filait dans la lumière de juin, nous montions vers le nord et c'en était fini de l'enfance.

Je regardais par la fenêtre le pays qui allait être le nôtre pour quelque temps. C'était du vert, presque exclusivement, des arbres et des collines, des champs verts et jaunes. Je me souviens de peupliers qui ployaient sous le vent, d'un fleuve que nous avons traversé, d'un château sur une colline. Je ne comprenais pas les annonces faites dans les haut-parleurs, la langue ne ressemblait pas à la nôtre, je ne déchiffrais aucun mot. Je marchais dans le couloir mais ma mère ne voulait pas que je m'éloigne. Elle insistait pour me donner la main. Je ne sais pas ce qui serait arrivé si je m'étais perdu, est-ce que quelqu'un m'aurait raccompagné chez moi à Lisbonne ? Est-ce que quelqu'un connaissait l'existence de Lisbonne, désormais si éloignée ?

Nous sommes descendus dans une gare pleine de monde. Nous étions hagards, seul Oceano, qui s'agitait dans le sac, paraissait vivant. Nous avons traversé la foule à la recherche de la personne qui devait venir nous chercher. Luis nous attendait près du porche d'entrée, grand comme mon père mais plus fort, plus imposant. Il a pris la valise de ma mère et a demandé ce que je cachais dans le sac. Lui aussi a passé sa main dans mes cheveux, il parlait portugais. Nous l'avons suivi jusqu'à l'arrêt d'autobus et nous avons poursuivi notre route à travers une grande ville que nous avons traversée. Il y avait plus de voitures qu'à Lisbonne, plus de circulation, plus de bruit. Sur un pont par-dessus le fleuve, des drapeaux de différents pays flottaient mais je n'ai pas vu celui du Portugal.

La ville n'était pas pour nous, nous la quittions déjà, l'autobus montait à présent une côte en peinant, et j'avais l'impression que le moteur allait finir par exploser. Il libérait une fumée noire et inquiétante. Nous avons longé des entrepôts, des fabriques, et Luis a dit que c'était l'usine de feux d'artifice, là qu'il travaillait. Il a ajouté qu'il y aurait bientôt une fête pour commémorer la Révolution française.

Nous roulions depuis une demi-heure quand nous avons aperçu des rangés d'immeubles neufs avec des dizaines de fenêtres identiques. Nous sommes descendus là où tout le monde descendait, nous avons marché sur le bord de la route puis j'ai aperçu un petit terrain de foot. Mon père aurait aimé que je joue, il serait venu échanger quelques balles avec moi, comme il le faisait à Lisbonne quand il nous rejoignait sur la place au cactus. Il courait dans ses espadrilles, une cigarette aux lèvres, et ses bras flottaient dans sa chemise trop large.

Nous avons monté l'escalier et Luis nous a invités à entrer dans son appartement. Ma mère a dit merci quand elle a franchi le seuil, elle a pris la femme de Luis dans ses bras, et les deux femmes sont restées enlacées un moment. Ma mère me semblait si petite soudain. Elle a fini par regarder par la fenêtre et elle a conclu que c'était bien, que l'appartement était bien. La femme de Luis a montré le balcon, puis la salle de bains, fière du confort qu'elle pourrait nous faire partager. Elle a conduit ma mère dans la chambre et elle a proposé qu'on s'installe là pour commencer. Elle a répété plusieurs fois que c'était terrible, elle avait toujours pensé que ça finirait mal. Lydia a proposé du café, des gâteaux, un verre de limonade. Elle a dit que je pourrais mettre le chat sur le balcon, ou alors dans la cuisine, on lui trouverait une caisse pour dormir. Nous avons mangé avec les deux inconnus qui allaient devenir nos compagnons du jour au lendemain.

J'ai appris que Luis avait travaillé longtemps avec mon père et qu'il était recherché pour avoir organisé la résistance sur le secteur du port. Il avait quitté le pays après avoir fait l'objet d'une surveillance qui l'avait rendu fou. Il avait perdu le sommeil et imaginé que des hommes étaient postés près de son logement, près de son travail, dans les rues qu'il empruntait le matin et le soir, sur les toits et dans le tramway, il voyait des hommes de la Pide partout sur son passage, il les inventait, il en rêvait, il pensait que l'épicier était un policier, et il en était même venu à soupçonner Lydia, qui avait mis du temps à le convaincre qu'elle n'était que sa femme. Il avait failli renoncer à Lydia par peur, il perdait la raison, il avait parfois des hallucinations. Il en avait parlé longuement avec mon père, qui ne voulait pas quitter le pays, qui avait l'espoir qu'on en finisse avec la dictature. Mon père voulait changer les choses de l'intérieur, c'est ce qu'a dit Luis ce premier jour, et puis il n'en a plus parlé devant moi.

Ils conversaient le soir entre adultes quand j'étais couché dans le grand lit et attendais que ma mère me rejoigne. Je bougeais, je me tournais d'un côté et de l'autre et je ne parvenais pas à m'endormir à cause de la chaleur. C'est Luis qui disait cela, tu ne t'endors pas à cause de la chaleur, quand je me levais pour aller chercher un verre d'eau, et caresser Oceano qui somnolait le plus souvent dans des chiffons sous la table. Ma mère et moi couchions dans le même lit, je ne me rendais pas compte à quel point cela devait être difficile pour elle, être allongée près de son fils et ne jamais pouvoir être seule. Quand elle entrait dans la chambre tard dans la soirée, je percevais les précautions qu'elle prenait pour ne pas faire de bruit. Elle n'allumait pas et se glissait sous le drap sans faire bouger le matelas, elle s'approchait du bord, à l'opposé de moi, et jamais ses membres ne me frôlaient, je sentais son corps qui me fuyait, comme si ma présence la brûlait de ne pas être mon père. Et ma peine était plus grande encore quand je comprenais que je ne pourrais pas le remplacer.

La vie avec Lydia et Luis n'était pas désagréable mais l'enthousiasme m'avait quitté. Je n'avais d'intérêt que pour Oceano, à qui j'avais pris l'habitude de confier mes pensées. Il dormait désormais le plus souvent contre moi, ma mère avait fini par accepter quand elle avait compris que la présence du chat me calmait. Il enfonçait sa tête dans mon cou et tétait parfois le lobe de mon oreille. C'est ainsi que je m'endormais, le chat ronronnant dans mon cou malgré les images qui m'assaillaient, celles de ma vie d'avant, floues mais pleines de clarté. Les premiers jours, j'ai rêvé de mon père, il apparaissait mais restait muet, il roulait sur sa Vespa, c'était toujours la même scène, et puis il disparaissait. Le rêve était paisible, mais le réveil brutal. J'avais peur de m'endormir à cause du choc du réveil.

Luis et Lydia étaient absents une partie de la journée. Lydia se levait tôt et partait en ville pour faire des ménages dans deux familles qui vivaient dans des quartiers opposés. L'une habitait au pied de la colline de Fourvière et l'autre vers l'hôpital Édouard-Herriot. Lydia ne parlait que des seconds, qui la payaient mieux et dont la femme lui faisait parfois la conversation en français en lui laissant le temps de trouver ses mots. Cette femme l'invitait alors à s'asseoir dans le salon pour boire le thé. Lydia revenait avec des journaux, et c'est en lisant *Elle* qu'elle améliorait son français. L'homme de la maison était médecin, presque toujours absent, il travaillait à l'hôpital, au service des urgences. Lydia se sentait diminuée quand elle parlait français, elle ne pouvait exprimer ce qu'elle ressentait ni raconter aucun épisode de son existence autrement qu'en alignant les mots comme si elle était simple d'esprit, alors qu'au Portugal elle était secrétaire dans une compagnie maritime et savait rédiger des lettres bien tournées qu'elle tapait à la machine à raison de quatre-vingts mots minute.

Luis travaillait à l'usine de feux d'artifice comme une grande partie de la population du quartier. Il installait les mèches sur les fusées avec une dextérité qui lui permettait d'être l'un des plus efficaces de la chaîne. Il avait peu d'amis à l'exception d'un autre Portugais, Fernando, qui venait nous rendre visite certains soirs, et qui, pour pouvoir envoyer de l'argent à sa famille, posait du carrelage après sa journée à l'usine.

Lydia avait mis dans la tête de ma mère de m'inscrire à l'école dès la rentrée, elle n'imaginait pas qu'un enfant de mon âge tourne en rond toute la journée dans l'appartement. Il me fallait apprendre le français, je n'avais pas le choix. C'est elle qui, soir après soir, nous faisait retenir, à ma mère et à moi, des mots et des phrases, simples et concrets, que nous répétions à voix haute, puis qu'elle nous demandait d'écrire dans un cahier. « Je m'appelle Olivio, j'ai huit ans » est la première phrase que j'ai su énoncer sans écorcher les mots. Je n'ai jamais oublié cette phrase, depuis que je vis en France, c'est comme si j'avais toujours huit ans.

L'été est passé sans que je fréquente d'autres enfants. Ma mère ne me permettait pas de me joindre au petit groupe qui se formait près du toboggan. Elle ne voulait pas qu'on attire l'attention. Je ne cherchais pas leur contact, je les observais depuis le balcon, je me sentais différent. La solitude m'allait bien, et puis j'avais mon chat à qui je pouvais parler. Lydia a commencé à s'inquiéter de me voir fuir les humains et de m'adresser à un animal. Ma mère ne réagissait pas, j'ai peu de souvenirs d'elle à ce moment de notre vie. C'est Lydia qui avait pris toute la place, c'est elle qui bougeait, elle qui avait les idées, elle qui agissait. Ma mère disparaissait probablement dans la chambre dès qu'elle le pouvait.

J'étais docile, je faisais chaque jour les exercices que me donnait Lydia, je m'installais sur la table de la cuisine et je fixais le mur devant moi, qui était de la même couleur que le mur de l'appartement de Lisbonne, jaune pâle. Quand j'avais fini d'écrire et de retenir par cœur les mots *voiture*, *maison*, *table*, *oreiller*, *livre*, *chemise*, je m'installais sur le balcon et regardais la façade de l'immeuble d'en face, les fenêtres qui s'ouvraient et se fermaient, les gens qui entraient et sortaient de l'allée, ceux qui garaient leur voiture, qui ouvraient le capot et bricolaient le moteur, ceux qui descendaient promener leur chien, cela durait toute la journée et le temps passait ainsi, assis à l'ombre sur le balcon. Le matin, j'accompagnais ma mère à la supérette, parfois nous allions au marché. Quand elle n'osait pas demander, c'est moi qui essayais de parler.

Quand Luis et Lydia ne travaillaient pas, nous partions à pied. Nous descendions une côte, nous traversions une route et une voie ferrée. Après, nous avancions sur un chemin de terre et longions la rivière. Nous cherchions un endroit à l'ombre et Lydia étendait une couverture. Sur la plage de galets, des familles faisaient griller des sardines ou des saucisses. J'avais le droit de me baigner mais il fallait attendre deux heures après le repas, pour la digestion, Lydia était formelle. Il était difficile de marcher pieds nus sur les galets. J'entrais dans la rivière et je m'arrêtais quand l'eau m'arrivait à mi-cuisse, je ne savais pas nager. C'est avec Luis que j'ai fait mes premières brasses. Ça avançait trop vite, j'étais obsédé par le courant qui pouvait m'emporter et je crois que ma mère aussi car elle se tenait debout sur le bord, en parfaite vigie. Mais Luis insistait, il disait en riant que les Portugais ne savent pas nager, tous les peuples qui vivent près de la mer savent naviguer, pêcher, mais pas nager, c'est une invention de touristes. Il voulait que je m'allonge dans l'eau et que je me laisse porter, mais ma peur était plus forte. L'eau était verte et des bancs de poissons minuscules se pressaient autour de mes jambes. Quand l'après-midi était fini, Luis repliait la couverture et nous prenions le chemin inverse. C'était plus long parce qu'il fallait gravir la pente. Ma mère s'essuyait le front et soufflait. Elle était silencieuse et ne se plaignait pas. Elle grimpait péniblement, comme si, en haut, rien de meilleur ne l'attendait que la promesse d'une vie sans joie. La baignade me faisait du bien, je me sentais plein d'énergie, le sang circulait à nouveau dans mes veines.

Le soir, Luis et Lydia dépliaient un canapé dans le salon et dormaient la fenêtre ouverte. Ils s'étonnaient de trouver le matin des hannetons morts sur le balcon. Ils voletaient toute la nuit et le matin peut-être mouraient-ils d'épuisement. Le mot « hanneton » est l'un des premiers que j'ai retenus en français. L'appartement était petit mais nous ne nous gênions pas. Luis faisait des allers et retours jusqu'à la cabine téléphonique, il téléphonait beaucoup. Il réunissait des pièces de monnaie pour ne pas manquer quand le moment serait venu. Il y avait la queue le soir devant la cabine, je voyais cela depuis le balcon, le petit groupe qui se formait semblait bien se connaître, tout le monde parlait, fumait et lançait des blagues, j'entendais les rires. Il y avait des étrangers comme nous, a dit un jour Luis, et aussi des rapatriés d'Algérie. J'apprendrais que ce sont des Français qui n'ont pas choisi d'habiter en France. Ce sera Max qui, plus tard, m'expliquera.

Luis avait parfois un comportement bizarre, il nous demandait d'éteindre la lumière alors on restait dans le noir, comme si un danger menaçait soudain. Il descendait parfois le soir à la cave, chercher une bouteille de vin, c'est vrai qu'il buvait beaucoup. Mais il restait longtemps à la cave, il ne fallait pas l'attendre. Lydia parlait d'autre chose, elle préparait le repas ou faisait la vaisselle, ma mère essuyait, ma mère passait le balai, elle se levait plusieurs fois pendant le repas, pour aller chercher le sel, ou une serviette, ou couper le pain. Elle n'attachait plus ses cheveux comme à Lisbonne mais les laissait tomber sur les épaules. Lydia connaissait une dame qui coiffait à domicile, mais ma mère déclinait, elle répondait qu'elle n'avait pas d'argent. Il était temps qu'elle cherche du travail.

Luis a obtenu un poste pour ma mère à l'usine de feux d'artifice mais il lui fallait des papiers. La question revenait dans toutes les conversations, les papiers pour elle et puis pour moi, et il fallait, si j'avais bien compris, que nous puissions prouver la filiation avec mon père. Ce qui était évident au Portugal devenait problématique ici. C'est Luis, encore une fois, qui a arrangé les choses, il ne se donnait plus la peine d'essayer de parler français quand il était question des papiers, il s'emportait et la conversation se faisait en portugais, le ton montait comme si quelqu'un autour de la table était responsable. Quelques jours plus tard, nous étions des dizaines à attendre, dans un hall de la préfecture, tous venus du Sud, en sandales et maillots sans manches, tous en quête des mêmes papiers, qui nous permettraient de résider et de travailler en France. Il ne suffisait pas d'avoir pris le train. Je commençais à comprendre que le voyage en France n'était pas provisoire, j'imaginais bien qu'on ne me faisait pas apprendre la langue pour rien.

La soirée du 14 Juillet était un événement, Luis disait qu'on ne pouvait pas rater cela. Nous sommes partis à pied et avons longé une rangée d'immeubles équipés de stores à rayures, Luis expliquait que c'était le quartier riche et que les immeubles étaient pourvus d'interphones. Nous avons encore marché et nous sommes arrivés au pied des tours de quatorze étages, Luis a parlé à nouveau des rapatriés d'Algérie, il a dit que ce quartier avait été construit spécialement pour eux, en un temps record, car personne n'avait prévu que les colons devraient quitter le pays du jour au lendemain. L'Algérie, c'était un peu le Mozambique ou l'Angola de la France, avait-il précisé. Luis jouait aux boules au CALO, le Club de la ligue oranaise, installé sur le terrain derrière les tours. Les pieds-noirs arrivés en 62 racontaient encore et encore le départ d'Algérie, ils n'avaient toujours pas digéré. Luis évoquait l'histoire des pieds-noirs et pas celle des Portugais. C'était peut-être plus facile de parler des autres, ça rassurait.

Nous avons emprunté un chemin tracé au milieu d'une pelouse jaunie et nous avons gagné le bout du plateau. Au-delà, c'était un terrain vague qui piquait du nez jusqu'à la rivière. Nous devinions des cabanes sous les arbres, Luis a dit qu'une famille habitait là depuis longtemps, on les appelait *les brûlés*. Ces gens étaient des Gitans, on disait que leur caravane avait pris feu et qu'une partie de la famille aurait péri brûlée vive. C'est ce que racontaient les copains au CALO, on ne savait pas qui avait mis le feu. Mais d'autres préféraient une autre histoire, *les brûlés* avaient une coutume effrayante, ils mangeaient des chats qu'ils faisaient cuire sur un brasier. Personne ne savait qui étaient vraiment ces gens, tout le monde évitait d'avoir affaire à eux.

Nous avons regardé les cabanes de loin, et nous avons avancé en file indienne entre les herbes hautes qui poussaient à l'approche d'un petit bois. Puis nous avons débouché sur une plate-forme naturelle, comme une falaise au-dessus du vide. La nuit tombait, et, au loin, nous apercevions les lumières de la ville. Le feu d'artifice allait être tiré depuis la colline de Fourvière face à nous. Nous étions assis sur le sol en pierre encore chaud et nous espérions un spectacle à la hauteur de ce que nous avait annoncé Luis. Il était fier comme s'il était le fournisseur en personne du feu d'artifice. Il avait eu un pincement de satisfaction quand les premières fusées avaient éclaté en plein ciel, il commentait, là c'est un carrousel, tu vas voir il va ployer doucement, là c'est une étoile des neiges, le dessin se complique et les branches se ramifient à leur tour. Il craignait que le vent ne se lève et qu'on ne soit obligé d'arrêter les tirs, les fusées pouvaient tomber sur le toit des immeubles et devenir des bombes à retardement. Puis c'était une gerbe, un manège, un serpentin qui allumaient le ciel et se fanaient dans une fumée blanche. Luis passait son bras autour de l'épaule de Lydia, tout en continuant à commenter le spectacle. Le ciel grondait, sifflait, et on entendait des coups de klaxon monter de la ville. Grâce à la Révolution, Luis et Lydia avaient un jour de congé. Luis n'a pas pu s'empêcher d'ajouter qu'il espérait que la révolution portugaise serait pour bientôt. Puis il a pris ma mère par l'épaule et l'a serrée contre lui. Nous levions la tête vers les étoiles et nous nous sentions perdus si loin de chez nous, nous ne pouvions plus nous arrêter de pleurer.

Le premier jour à l'école a été un soulagement, je pouvais enfin vivre quelques heures loin de ma mère. C'était devenu difficile de voir son visage éteint, et d'assister aux gestes répétitifs qu'elle accomplissait dans l'appartement. Elle parlait peu, et nous n'avions pas beaucoup de sujets de conversation. Nous évoquions principalement les choses domestiques : faire le lit, préparer le repas, laver le linge qu'elle me demandait d'étendre sans le froisser sur le balcon. Pendant que Lydia et Luis travaillaient, elle briquait l'appartement, elle nettoyait l'évier et la cuisinière avec une éponge, elle astiquait maladivement, traquait la moindre trace de gras comme si toute son énergie se concentrait à chasser la saleté. Je voyais ses cheveux qui bougeaient, ses épaules voûtées au-dessus de son petit théâtre, la silhouette de ma mère s'était recroquevillée, obsédée par le détail minuscule, par le grain de poussière.

Nous cuisinions avec de l'huile et il y avait sur le mur des projections, qui semblaient lui fournir l'occasion de passer son éponge sur toutes les surfaces, le mur autour de la cuisinière mais aussi le frigidaire, le contour des interrupteurs et des poignées de porte, puis la porte tout entière et, pendant qu'elle y était, le dossier des chaises, la table de la cuisine sur laquelle elle décelait des taches imaginaires, le montant des fenêtres. Après, elle s'occupait de la salle de bains, qu'elle briquait avec du produit détergent, elle rinçait à grande eau, et l'appartement sentait le citron, c'est une odeur qui me rappelle cet été-là, qui me fait toujours aussi mal.

Je voyais ma mère réduite à récurer, dans sa chemise de nuit, ni coiffée ni habillée, pas même intéressée par les chansons qu'on entendait à la radio et que je fredonnais. Elle était comme un fantôme qui habitait l'appartement, elle passait sans bruit près de moi. Elle ne prenait jamais Oceano sur les genoux et se privait de la douceur qu'il aurait pu lui procurer. Quand elle se mettait à nettoyer de fond en comble, elle l'enfermait sur le balcon pour qu'il ne vienne pas se nicher dans ses pieds et courir après le balai.

Ce premier jour à l'école, il m'a été difficile de laisser Oceano. Mon cœur tapait quand j'ai descendu l'escalier de l'immeuble avec ma mère. Elle est restée longtemps derrière la grille, j'espérais qu'elle allait s'en retourner. Je ne supportais plus de sentir son regard sur moi. L'école n'était pas comme à Lisbonne, le bâtiment était neuf et il y avait un préau sous lequel les voix résonnaient. Nous devions entrer en classe avec des chaussons. Nous quittions nos chaussures dans le couloir et nous les laissions sous un banc. Nous avons évoqué le matériel qu'il faudrait acheter. L'instituteur savait que deux élèves parlaient mal le français, Pedro, qui était espagnol, et moi. Il s'est adressé à nous devant toute la classe, j'aurais préféré qu'il ne nous parle pas devant les autres.

J'étais inscrit au cours préparatoire alors que j'avais l'âge pour être dans une classe supérieure.

L'instituteur faisait des gestes pour que nous le comprenions et il articulait de façon exagérée le mot « camarade ». C'était la première fois que j'entendais ce mot mais je comprenais qu'il signifiait *companheiro*. Les camarades étaient les garçons plus jeunes que moi avec qui j'allais vivre pendant une année, tous avec des blouses et les jambes nues qui dépassaient en dessous. Pedro ne s'adressait qu'à moi les premiers jours alors que rien en lui ne m'attirait.

Le jeudi soir, j'accompagnais ma mère au centre social où étaient donnés des cours de français. L'assemblée était principalement composée d'adultes mais cela n'était pas gênant. Une jeune femme nous a demandé de décliner, chacun à notre tour, notre nom et la langue que nous parlions. Nous étions des Portugais, des Turcs, des Polonais, des Algériens, des Chiliens, une Vietnamienne, et nous devions nous lever et situer notre pays d'origine sur une carte accrochée au mur. J'ai compris que nous étions des réfugiés politiques. Luis avait dit une fois qu'il ne fallait pas confondre les politiques et les droit commun.

J'apprenais vite, plus vite que ma mère. Le vocabulaire ne posait aucun problème, j'engrangeais, je retenais si bien que les devoirs que nous devions accomplir ne me suffisaient pas. Je cherchais dans le dictionnaire d'autres mots, qui ne désignaient pas simplement des objets ou des choses, je me lassais d'écrire « je change l'ampoule, je m'assois sur une chaise, je perds mes clés ». J'avais envie de nommer des états plus complexes, mais, même en portugais, il m'était impossible de rendre compte de mon humeur. Dire comme j'étais envahi par l'océan, l'endroit où voguait encore mon père, je l'avais imaginé si longtemps à bord d'un cargo qu'il y resterait sans doute éternellement.

Ma mère avait commencé son travail à la Pyragric, elle était au conditionnement et se levait désormais à six heures du matin. Au début, elle s'y rendait à pied parce que le ticket d'autobus était trop cher, cela lui prenait moins d'une heure et elle n'avait qu'à longer la route. Elle a ensuite acheté un vélo sur la place du marché, là où se vendaient des véhicules d'occasion les premiers dimanches du mois. Le visage de ma mère avait changé, elle avait souri quand elle avait tendu les billets au vendeur, et pendant qu'il regonflait les pneus. Et plus franchement encore quand il lui avait donné la pompe en guise de cadeau.

Elle était comme un enfant qui fait ses premiers tours de roues et tente de garder l'équilibre. Elle n'avait ni la grâce ni la légèreté que je lui connaissais, mais sa détermination me rassurait. Le premier jour où elle alla travailler à vélo fut comme un nouveau départ. Nous en avions parlé lors du repas du soir, Luis en avait profité pour déboucher une bouteille de rouge et fêter ça. Ma mère, qui, d'habitude, ne buvait pas, s'était sentie obligée de l'accompagner, et Lydia avait également trinqué.

C'était déjà l'automne et la pluie s'annonçait. Ma mère était sortie, anxieuse, sur le balcon, et disait que c'était fait exprès, elle n'avait pas prévu que le climat était moins clément qu'à Lisbonne. Elle allait devoir acheter un imperméable. La nuit tombait désormais plus tôt et, au retour de l'usine, il lui fallait mettre les phares, mais les phares du vélo ne marchaient pas, le vendeur ne l'avait pas précisé. Luis s'occupa de changer l'ampoule, ce n'était rien, mais sans Luis elle était vulnérable. Sans homme, il lui faudrait apprendre à vivre autrement, et moi je n'étais pas un homme.

Maintenant que ma mère travaillait, nous allions chercher un appartement. Un jour, elle rentra de l'usine à pied et très agitée. On lui avait volé son vélo. Lydia lui expliqua que la lutte continuait, pas seulement la lutte politique, mais celle pour la survie. Ici aussi il fallait se méfier des autres. Mais pas pour les mêmes raisons.

Je voyais souvent Pedro mais nous n'étions pas faits pour nous entendre. Il était de ceux qui ont toujours raison, il voulait imposer son opinion avant de parler la langue. Il ne supportait pas d'être en classe avec des garçons plus jeunes. Il affirmait que l'Espagne était un pays supérieur au Portugal. Il me parlait du Real Madrid, club qu'il soutenait même s'il préférait l'Athletic Bilbao, d'où il venait. L'Espagne, je la connaissais un peu, je l'avais traversée en venant du Portugal, j'avais vu les paysages depuis le train. Mais il ne m'écoutait pas. J'ai cessé de jouer avec lui et me suis rapproché d'Ahmed, qui était dans une autre classe, plus mystérieux et qui cherchait mon contact.

Avec Ahmed, nous étions attirés par la cabane des brûlés, et quand nous le pouvions, nous nous retrouvions au pied de la dernière tour de quatorze étages, celle dont la façade était peinte en gris et jaune et qui s'appelait *le loriot*. Nous prenions l'air détaché de ceux qui s'apprêtent à commettre un acte interdit, et nous marchions côte à côte les mains dans les poches vers le petit bois. Nous avancions jusqu'à apercevoir en contrebas les cabanes de planches et les toiles fixées par de lourdes pierres en guise de toits. Nous étions cachés derrière les troncs d'arbres, et, à chaque nouvel assaut du vent, c'était par brassées que les feuilles se détachaient des branches, volaient et tombaient à nos pieds en une pluie d'un jaune lumineux. Nous restions à la lisière du bois, y entrer nous effrayait mais nous n'osions pas nous en faire l'aveu. Nous observions ce qui se passait du côté des cabanes, ne sachant pas ce que nous venions chercher.

Notre cœur s'emballait pour pas grand-chose, nous nous contentions de fixer la fumée qui montait depuis une cheminée de tôle, et qui diffusait une odeur de bois brûlé. Il y avait donc quelqu'un à l'intérieur, qui se chauffait, qui alimentait le feu, et peut-être préparait le repas. L'odeur m'avait fait penser à celle qui venait de la maison de ma cousine. Le soir, quand ma tante cuisinait, elle brûlait une ou deux bûches dans l'âtre et faisait griller le poisson. Avant de nous coucher, nous versions de l'eau sur le feu, et l'odeur était la même que celle qui montait de la cabane de planches. Mais je ne disais rien à Ahmed, nous ne parlions pas de ce genre de choses. Ahmed avait un couteau avec lequel il coupait des branches. Un jour, il a dit en riant qu'il pouvait m'égorger et il a fait le geste, il a passé le couteau sous mon menton, en prenant son temps, il a ajouté que c'était son frère qui lui avait montré. C'était le *sourire kabyle*.

Ma mère était en période d'essai, elle en parlait au repas du soir, elle n'avait que ce mot à la bouche, en portugais, puis en français puisque Luis s'était mis en tête que nous devions parler le français entre nous, pour nous faire accepter plus vite. Ma mère n'était pas d'accord mais elle ne s'y opposait pas, elle avait dit un jour que le portugais était la langue de mon père, et que je ne devais pas oublier. Pour la première fois,

Luis avait contredit ma mère. Il s'était même emporté, ce qu'il faisait de plus en plus souvent. Après le repas, il fumait une cigarette en buvant du vin, et il disait à ma mère qu'il lui fallait être patiente avec sa chef, elle n'avait qu'à se soumettre, ce n'était pas compliqué.

Rovira interdisait aux femmes de s'asseoir, elle marchait derrière elles dans l'entrepôt et surveillait dans leur dos. C'est ce qui était le plus difficile, disait ma mère, c'était d'avoir quelqu'un dans son dos, qui ne vous lâche pas des yeux. Pour aller aux toilettes, les femmes devaient demander à Rovira, qui chronométrait combien de temps elles y restaient. Dans son bureau, il y avait un tableau sur lequel était mentionné le cycle menstruel des ouvrières, pour éviter les abus.

Les hommes n'étaient pas soumis au même règlement, Luis avait un contremaître décontracté qui faisait claquer sa langue quand le rythme de la chaîne ralentissait. Il claquait, il claquait, mais les hommes n'entendaient pas à cause du bruit des machines, qui ronflaient derrière une mince cloison de tôle. Le chef finissait par émettre un cri de mécontentement, pour la forme, puis tournait les talons une fois sa gueulante poussée, et tout le monde l'oubliait.

Luis semblait moins bien supporter ma mère, qui pourtant s'appliquait à ne pas déranger, à faire les courses dès qu'elle le pouvait. Il arrivait que Luis ne décroche pas un mot de la journée, ou qu'il assène une remarque désobligeante, comme ce jour où, ma mère parlant encore de Rovira qui la harcelait, il avait coupé court et dit que ma mère n'avait pas émigré pour se laisser piétiner. Et que mon père n'était pas mort pour rien.

La tension était de plus en plus palpable. Ma mère devait tout à Luis, l'hébergement, le travail, et sans doute aussi le voyage en train. Elle lui devait peut-être plus encore mais cela je ne pouvais pas le savoir. Et d'être redevable la rendait nerveuse, elle devait absolument sortir victorieuse de sa période d'essai. Elle ne savait plus quoi faire pour contenter Luis. D'un côté, il était grand seigneur, il nous laissait occuper la chambre alors qu'il dormait dans le salon avec Lydia, il s'était battu pour que l'usine embauche ma mère, mais, à la moindre remarque, au premier signe de faiblesse, il lui rappelait qu'elle devait être à la hauteur, qui était-elle pour oser se plaindre.

Ma mère a obtenu un appartement dans le même quartier dès qu'elle a pu produire des fiches de paie à l'office HLM de la ZUP. J'avais appris entre-temps à l'école que nous habitions dans une zone à urbaniser en priorité et que la ville était nouvellement bâtie sur d'anciennes terres agricoles. Un marais avait été asséché, des champs de maïs et quatre fermes avaient été rasés, ainsi que des prairies d'élevage. Avant que les bâtiments et les routes aient été construits, il y avait des hérons, des carpes, des poules, des vaches et des paysans, qu'on avait priés de migrer sous d'autres cieux. C'était un peu notre histoire, chacun cherchait une terre plus sûre pour y établir son camp, chacun réclamait son territoire.

À la sortie de la ville, il y avait une caserne, bâtie depuis longtemps, et, tout autour, un terrain militaire qui constituait le lieu de promenade favori des habitants, quand l'armée n'était pas en manœuvres, plusieurs hectares de creux et de bosses, de chemins et de bosquets, d'un semblant de prairie dans laquelle poussaient quelques fleurs au printemps. Tout se passait au terrain militaire, les premiers flirts, la flânerie dominicale, les photos de mariage, le motocross, les barbecues, et même les crimes, puisqu'un homme y avait poignardé l'amant de sa femme un soir d'hiver, ce qui avait donné à ma mère une raison pour m'interdire d'aller y jouer.

Dans le nouvel appartement, ma mère m'attribua l'unique chambre, je me couchais le premier et je me levais après elle. Les seuls visiteurs étaient Luis et Lydia, qui nous ont aidés à transporter nos affaires pour emménager. Puis, une fois ou deux, Fernando est venu prendre le café, mais cela n'a pas duré. Luis a conseillé ma mère pour l'achat d'une cuisinière et d'un frigidaire. Elle n'avait pas les moyens d'acheter une machine à laver et s'est contentée d'une *petite Calor*, qu'elle a placée dans la baignoire, et dont le nom portugais désignait justement ce qui me manquait le plus en France : la chaleur. Le premier hiver avait été difficile et s'il est commun de penser que les enfants ne craignent ni le chaud ni le froid, j'avais eu la sensation de passer des mois dans un courant d'air permanent, surtout à l'école où la classe était si peu chauffée que même l'instituteur gardait son écharpe et parfois son manteau sur les épaules.

À l'entrée de la ZUP était installée la chaufferie, un bâtiment tout en cube et en tuyaux d'où partait le chauffage qui alimentait l'ensemble de la cité. Personne, chez soi, n'avait le pouvoir de mettre ou de couper le chauffage, piloté et distribué collectivement entre le 15 octobre et le 15 mars. On avait soit trop chaud soit trop froid dans les appartements chauffés par le sol, et il était fréquent qu'en plein hiver certains ouvrent grand leurs fenêtres tant la température était élevée.

Je ne sais pas si j'avais réellement froid ou si c'est ma mère qui m'avait transmis cette sensation. Je la voyais le soir qui se frottait les épaules et ce geste était devenu un tic, malgré son jeune âge, elle ressemblait parfois à une vieille dame fatiguée. Elle apprenait à vivre sans mon père, je ne me rendais pas compte à l'époque de ce qu'elle traversait, comment elle luttait, elle qui avait vécu sa mort, sa veillée et aussi le tourment des obsèques, l'église obligatoire alors que mon père se battait contre. Elle avait sans doute vu le visage de mon père mort, choisi les vêtements qu'il porterait dans le cercueil, désigné le modèle en bois de pin ou de chêne, c'est elle qui avait été là la première fois où, parlant de mon père, on avait dit « le corps » et non plus « votre mari ». L'administration pénitentiaire, le médecin qui l'avait reçue, le petit gradé de la Pide dont elle n'a pas retenu le nom, tous, en évoquant mon père, avaient dit « le corps » et avaient nommé les causes de la mort d'une façon si convenue et probablement mensongère, qu'elle n'avait pas contesté, bien contente encore qu'on lui rende le corps, il est des dictatures qui les balancent à la mer ou les jettent à la fosse commune.

Le froid qui parcourait les membres de ma mère était devenu mon froid à moi, comme si j'étais habité par une plaque de métal de la tête aux pieds, qui rendait mes muscles durs et ma démarche rigide, si bien que jouer au foot m'était devenu difficile, les efforts physiques me renvoyaient au manque de mon père, je ne savais pas l'expliquer. Seul Oceano venait réchauffer ma peau, j'avais besoin de sa présence, de son affection et de sa façon de mordre mes mains. Je cherchais parfois les puces dans son pelage et je faisais claquer entre mes ongles leur minuscule corps dur gorgé de sang.

Je parlais de mieux en mieux le français mais j'avais encore un fort accent. Je demandais à ma mère si un jour nous retournerions au Portugal. Elle disait que je choisirais quand je serais plus grand. En deux années je me suis hissé en classe au niveau de mes camarades, je connaissais les poésies de Jacques Prévert et de Robert Desnos, je conjuguais les verbes du premier groupe, puis bientôt tous les verbes. Je savais parler à l'imparfait ou au passé composé, mais quand j'employais le passé simple dans une conversation, on me prenait pour un garçon maniéré, une injure que j'entendrais dès ma première année de collège. Viendra très vite le mot de « fillette » simplement à cause de ma voix, de mes gestes timides et de mon chat.

Ma mère disait qu'on irait au Portugal pour voir mes grands-parents, qui habitaient un village dans le nord du pays, et qu'on ne pouvait joindre que par courrier. Le réseau téléphonique n'arrivait pas encore jusqu'à eux. Mon grand-père coupait du bois dans les forêts et il avait des ruches. Il ne parlait presque pas. Il me portait sur ses épaules quand j'étais petit, me déposait sur la branche d'un pin et je le voyais s'attaquer à un tronc un peu plus loin, à grands coups de hache. On irait au Portugal quand on pourrait payer le voyage, peut-être dans un an ou deux. Ma mère avait des nouvelles de sa sœur, et aussi de ma cousine Linda dont j'ai su qu'elle voulait devenir infirmière.

Parfois une lettre arrivait avec des timbres de couleur. Les enfants de ma classe collectionnaient les timbres, je trouvais cela idiot. Je préférais fabriquer un herbier. Je restais chez moi pour coller les feuilles et les fleurs dans le cahier, ma mère se désolait que je n'aille pas plutôt jouer au foot sur le terrain nouvellement construit. Mais je n'avais pas envie de me mesurer aux autres garçons, je ne courais pas assez vite, je savais que je ne faisais pas le poids.

Je rejoignais parfois Ahmed. Il était comme moi, solitaire, et, d'après ce que disaient ceux du collège, un peu bizarre, il taillait des branches avec son couteau mais nous n'en faisions pas des flèches, nous n'avions pas l'idée de jouer aux Indiens. Nous expérimentions le *sourire kabyle*, mais à notre façon. Il me faisait étendre dans l'herbe du terrain militaire et il appliquait la lame de son couteau sur ma peau, sans me blesser ni même m'égratigner, mais juste pour avoir le plaisir de me tenir à sa merci. Il était assis sur moi à califourchon et la lame effleurait ma gorge, puis ma poitrine, et mon ventre après qu'il avait soigneusement relevé mon pull. Nous restions parfois un après-midi entier au terrain militaire, cachés derrière une petite butte et, quand il faisait beau, nous nous allongions torse nu et laissions le soleil venir nous réchauffer, simplement, comme si nous étions au Portugal ou en Algérie, nous prenions tous les rayons, nous fermions les yeux.

DEUXIÈME PARTIE

Ma mère m'annonça que nous aurions bientôt à dîner un ami qui s'appelait Max. Il faudrait bien le recevoir, me montrer aimable, Max était quelqu'un de bien. Il travaillait à la maintenance du réseau de lignes électriques, il montait sur les poteaux, et parfois même sur les pylônes, il n'avait pas le vertige. Elle ne me dit pas comment elle l'avait rencontré. Son ton était léger et persuasif, elle regarda à peine les plantes que je venais de rapporter, et elle continua à me vanter l'homme qui allait entrer dans sa vie, et par conséquent dans la mienne. Max avait parcouru le pays grâce à son travail, mais il n'était en France que depuis quelques années, avant il vivait à Alger, c'était un rapatrié. Elle me dit tout cela en français avec, dans ses phrases, un ou deux mots de portugais, comme elle en avait l'habitude. J'ai écouté, je n'ai pas posé de questions. Ma mère a ajouté que Max avait un fils, plus jeune que moi, qu'elle ne connaissait pas.

Max est arrivé un dimanche à midi. Ma mère avait passé la matinée à cuisiner, elle avait mis le four en marche et une odeur nouvelle se répandait dans l'appartement. Elle avait relevé ses cheveux comme elle le faisait au Portugal, et, au moment où la sonnette avait retenti, elle avait enlevé son tablier de cuisine qu'elle avait jeté précipitamment sur le dos d'une chaise. Max lui avait tendu le bouquet acheté pour elle. Ma mère n'avait pas de vase, elle n'avait jamais eu l'occasion de recevoir de bouquet et, au lieu de se réjouir à la vue des fleurs, elle sembla embarrassée. Elle chercha dans les placards un récipient qui conviendrait, après avoir fait plusieurs tentatives, elle opta pour un bocal à cornichons dont elle vida le contenu dans un grand verre.

Pendant ce temps, Max et moi faisions connaissance, mais nous n'avions pas grand-chose à nous dire. Sans ma mère, le lien ne se faisait pas. Il avait un cadeau pour moi, un collier rouge pour mon chat. Je présentai Oceano à Max, mais il évita le contact de peur que le chat mette des poils sur son pantalon. Oceano était à présent un chat adulte, d'un gris intense et d'une grande délicatesse. Ma mère invita Max à prendre l'apéritif dans le salon, je m'assis sur une chaise en face du canapé, le chat sur les genoux. Max voulait-il boire un porto ? Il préférait une anisette et trinqua avec ma mère.

Max était à l'aise, bavard et prenant beaucoup de place. Il aimait plaisanter. Il demanda si mon chat était un mâle, et s'il allait *courir*. Je n'entendais pas par « courir » la même chose que Max, je ne possédais pas encore toutes les subtilités du français. Je dis qu'il ne quittait pas l'appartement, ce qui fit bondir Max. Il conclut qu'il faudrait alors le faire castrer. Ma mère, qui ne semblait pas ravie de la tournure que prenait la conversation, nous invita à passer à table.

Elle s'excusa de le recevoir dans la cuisine, mais elle n'avait pas encore investi dans une salle à manger, et puis elle recevait si peu. Ma mère avait changé ses chaussons contre des chaussures de ville à talons, et son pas résonnait sur les plaques de linoléum. Elle donna une serviette de table propre à Max, et nous deux gardâmes nos serviettes habituelles. Ma mère ne tenait pas en place, elle évoluait entre l'évier, le frigidaire, la cuisinière et la table si bien que la conversation ne pouvait pas commencer, ses déplacements l'interrompaient sans cesse. Je la sentais tendue, j'essayais de me comporter poliment pour lui faciliter la tâche. Elle servit la volaille qu'elle avait préparée et Max lui fit des compliments.

Après, Max parla de son travail, il entra dans les détails de ses missions en haut des pylônes, dit qu'il lui arrivait d'être acheminé en hélicoptère quand les lignes électriques étaient inaccessibles. Il parlait comme s'il était un pompier. On l'appelait au secours après les intempéries, il partait avec un casque et un baudrier, et les mesures de sécurité étaient draconiennes. Max se présentait en aventurier, c'est sûrement ce qui plaisait à ma mère. Notre vie semblait étriquée en comparaison de ce que racontait Max. Il n'aurait pas pu habiter dans un espace aussi confiné que le nôtre.

Il ne me posa pas de questions, il demanda juste si ça allait à l'école et puis ce fut tout. Il réclama de la moutarde, il mangeait beaucoup et en faisant du bruit. Il parla de son fils, qui avait cinq ans et voulait devenir boxeur. Un vrai petit homme, précisa-t-il, nous allions pouvoir échanger des coups. Ma mère servit Max en vin rouge, et tous deux finirent la bouteille. La fin du repas fut joyeuse, Max desserra sa cravate et les paroles de l'un et de l'autre s'enchaînaient bien. Je ne savais pas dire si la présence de cet homme me plaisait ou me dérangeait. Je voyais que ma mère était gaie, c'était déjà ça.

Ma mère invitait Max de plus en plus souvent le dimanche. Après le repas, elle partait avec lui pour une promenade au terrain militaire, j'obtenais la permission de rester seul à la maison. Je rejoignais parfois Ahmed et nous passions l'après-midi dans sa chambre, à ne rien faire de spécial. Nous nous étendions côte à côte et feuilletions des revues, mais il partageait sa chambre avec son grand frère et nous n'étions pas toujours tranquilles. Il nous restait le hall de l'immeuble pour nous isoler du monde. Nous ne parlions pas beaucoup mais nous étions l'un avec l'autre moins seuls. Nous prenions place sur les marches, et les adultes qui montaient cherchaient à nous déloger, ils n'aimaient pas que les enfants traînent dans les escaliers. Nous ne faisions rien de mal, nous étions simplement posés là, un endroit intime et chauffé. La minuterie s'éteignait à intervalles réguliers et, quand nous en avions assez de nous lever pour rallumer, nous demeurions dans la pénombre et nous étions bien.

J'avais pris l'habitude de passer chercher Ahmed pour aller au collège. Je restais à la cantine alors que lui rentrait, sa mère ne travaillait pas. Nous nous retrouvions parfois après les cours. À part ma mère, c'était la seule personne qui comptait pour moi. C'était le seul à qui j'avais dit que mon père était mort. Sur les fiches que nous devions remplir en début d'année, dans la case réservée au père, je notais *décédé* comme me l'avait appris ma mère. Aucun professeur ne m'a jamais demandé qui était mon père, si je l'avais connu, de quoi il était *décédé*. J'avais pris l'habitude de faire comme si c'était normal, j'avais compris que, de ces choses-là, on ne parle pas. C'était ma vie d'avant, qui, par moments, m'apparaissait comme un songe, qui me revenait par flashs.

J'allais chercher des plantes au terrain militaire avec Ahmed. Il me suivait dans un bosquet, et il ouvrait son couteau. Il disait que c'était notre *corvée de bois*.

Une nuit, je me suis réveillé parce qu'Oceano miaulait. Je suis allé boire dans la cuisine, à cause du chauffage trop fort, et j'ai senti que ma mère n'était pas là. J'ai ouvert la porte du salon et j'ai vu le canapé défait mais sans elle. Je n'ai pas eu peur, j'ai été surpris qu'elle ait osé me laisser. Pendant quelques secondes, je me suis senti abandonné et puis c'est passé, j'ai compris qu'elle était allée rejoindre Max et que sa vie recommençait, ailleurs et sans moi. J'ai marché pieds nus dans l'appartement éteint et j'ai regardé par la fenêtre. Il était trois heures et la cité était plongée dans le noir. Seules deux fenêtres étaient éclairées dans l'immeuble d'en face. Au moins deux personnes qui, comme moi, ne dormaient pas.

Le calme était impressionnant. Aucune circulation, aucun autobus, c'était trop tôt pour que passe le camion poubelle. J'ai ouvert la fenêtre, l'air était froid et cela m'a fait du bien. Nul chant d'oiseau puisque nous étions en hiver, pas de lune dans le ciel. C'était une nuit opaque et on devinait que la neige arriverait bientôt. C'est ce qu'avait dit le professeur de sciences, que la neige finirait par tomber, nous irions marcher pour étudier le phénomène. Les lampadaires étaient allumés et diffusaient une faible lueur qui se diluait dans la brume. De la buée sortait de ma bouche, je me penchais pour voir si ma mère n'était pas en bas. Max avait une voiture, et peut-être était-il en train de la raccompagner. Mais non, la voiture gris métallisé de Max n'était pas sur le parking. J'étais seul dans l'appartement avec Oceano, j'entendais le tic-tac de la pendule de la cuisine, qui faisait un bruit disproportionné. Je n'avais plus sommeil. C'était la veille de mes douze ans.

Nous sommes allés rejoindre Max et son fils dans un parc en ville. Ma mère a suggéré que je prenne le camion télécommandé que Luis et Lydia m'avaient offert pour Noël. Nous aurions une activité à partager, ce serait idéal pour une première fois. Nous avons pris l'autobus et sommes descendus à l'arrêt au bord du Rhône, là où les berges rejoignent le parc. Nous avions rendez-vous devant le bassin de la roseraie, mais ce n'était pas la saison des roses, et tout était figé. L'eau du bassin avait gelé et il était tentant d'y glisser.

Max est apparu au bout de l'allée, avec son fils sur un vélo à roulettes. Le garçon, sans jamais dire bonjour, a commencé à tourner à vélo autour de nous. Son père a dit de ne pas faire attention, son fils était agité ces temps-ci. Max a couru à côté de Bruno et les deux sont repartis au bout de l'allée, faisant comme si nous n'étions pas là. Le contact s'est rétabli plus tard, mais Max était préoccupé par son fils, à qui il voulait apprendre à faire du vélo sans roulettes. Il a sorti une clé avec laquelle il a démonté les tiges et il a obligé Bruno à se lancer. Pendant ce temps, ma mère et moi piétinions dans le froid, et puis j'ai décidé de jouer avec mon camion.

L'après-midi avançait, Max courait derrière son fils, tenant la selle du vélo. Il l'encourageait, criait fort. Le garçon n'était pas rassuré et on sentait le vélo qui partait à droite à gauche en zigzaguant. Mais Max s'entêtait, obligeait son fils à ne pas renoncer. Je voyais le garçon ramassé tout en muscles, tendu mais obstiné, il ne voulait pas décevoir son père.

Je jouais seul avec mon camion et quand, plus tard dans l'après-midi, Bruno a eu envie de jouer aussi, je n'ai pas voulu lui donner la télécommande. Je ne sais pas expliquer pourquoi mais je me suis entêté, j'ai eu peur qu'il ne l'abîme, peut-être, j'ai refusé de le laisser piloter. Ma mère est intervenue, je la sentais inquiète, j'ai vu ses yeux affolés. Ma mère insistait pour que je prête mon camion, mais rien n'y faisait. Je demeurais pétrifié et parfaitement désagréable. Max a alors changé de visage, il est venu vers moi et j'ai senti le poids de son autorité. Je refusais quelque chose à son fils et cela n'avait pas l'air de lui plaire. Ma mère a insisté encore une fois, mais j'étais bloqué, tout en moi résistait.

Bruno commença à se plaindre, puis à pleurnicher, et j'étais responsable de sa colère. Alors son père m'a toisé et a dit que puisque je ne prêtais pas mon camion il n'était pas question que je monte dans sa voiture. Après la promenade, nous devions aller goûter chez lui. Le visage de ma mère s'est déformé, Max faisait de grands gestes, et son fils se pendait à son bras. Tout s'est assombri, je ne savais plus où j'étais, j'ai dit que je voulais bien prêter mon camion, mais personne n'a entendu. J'ai répété que je voulais le prêter, mais ça n'a servi à rien, c'était trop tard. Ma mère faisait des allers-retours entre Max et moi, elle semblait perdue.

Luis et Lydia sont venus dîner un soir à la maison. C'était le début du printemps, ma mère a fait remarquer que nous pourrions presque manger sur le balcon. Luis a demandé si ça marchait bien avec Max, ma mère a répondu que nous allions bientôt nous installer chez lui. C'est à ce moment-là que je l'ai appris.

Luis allait de plus en plus mal, il était toujours sous surveillance, rien d'officiel bien entendu, mais il sentait que ses moindres déplacements étaient épiés, des silhouettes apparaissaient et disparaissaient sur son chemin, et jusqu'à l'usine, dans les vestiaires, où il avait la certitude que ses affaires étaient fouillées. Il avait repéré quelqu'un de suspect dans l'autobus, et constaté que la serrure de sa cave avait été forcée. Il était difficile de savoir si Luis disait vrai ou si les hallucinations gagnaient du terrain. Certains des faits qu'il relatait semblaient invraisemblables, comme cette histoire de clés qui avaient disparu de la poche de son blouson, puis réapparu miraculeusement le lendemain. La Pide faisait suivre certains Portugais émigrés, ne leur laissait aucun répit, les soupçonnait d'être en liaison avec la résistance dans le pays. C'est ce que disait Luis à voix basse en se retournant pour voir si une ombre n'apparaissait pas sur le balcon.

Lydia ne le contrariait pas, elle-même avait le sentiment qu'ils étaient observés, elle avait remarqué certaines bizarreries dans l'une des familles chez qui elle faisait le ménage. Le mari médecin, qui, habituellement, était absent du matin au soir, était rentré sans prévenir en plein milieu de l'après-midi, un jour qu'elle faisait du repassage en l'absence de madame. Il lui avait posé une question étrange, il voulait savoir quelle était l'autre famille pour laquelle elle travaillait. Et puis il avait été un peu trop prévenant avec Lydia. Elle ne savait que déduire de ce léger interrogatoire, elle avait répondu sans donner de détails, instinctivement.

C'est après qu'elle avait eu peur, elle ne savait plus ce qui était normal ou pas, ce qu'on pouvait dire ou non. Alors elle avait commencé à mentir, sur ses horaires, sur le nom des rues et le nombre d'heures qu'elle faisait, elle se perdait dans ses mensonges, c'était devenu à la longue un mode de vie. Elle avait senti que les renseignements que cherchait le médecin concernaient surtout Luis. Alors elle ne lâchait aucun indice. Elle disait qu'ils avaient quitté le Portugal pour le travail, uniquement pour le travail, et à cause de la pauvreté.

Lydia et Luis avaient décidé de déménager, de se rendre invisibles tant que la situation ne s'améliorerait pas. Ils ne savaient pas encore, et personne ne le savait, que la révolution finirait par arriver. La révolution des Œillets allait les libérer dans moins de deux ans.

Luis et Lydia ont emménagé dans une nouvelle banlieue mais aucun autobus ne la desservait depuis chez nous, il fallait aller chercher la correspondance dans le centre-ville. Ma mère a suggéré que Max prête sa voiture pour transporter l'électroménager, le sommier et le matelas, qu'on pourrait accrocher sur le toit. Nous avons aidé pour transporter les meubles, qui se résumaient à peu de chose, et Max s'est joint à nous. Il a été parfait. Il montait les marches de l'escalier quatre à quatre et prit même la direction des opérations. Il conseillait, distribuait le travail, glissait un ordre ici, un avertissement là. Il faisait équipe avec Luis et, à eux deux, ils liquidèrent rapidement le frigidaire et la cuisinière, les petits meubles et le canapé, puis ce fut au tour de la chambre à coucher d'être mise en morceaux et transportée. Je voyais passer le matelas sur lequel j'avais dormi avec ma mère à notre arrivée cinq ans plus tôt, je revoyais Ocenao jouer dans l'appartement, et cela me rendit mélancolique.

Max parlait beaucoup de lui, mais nous ne savions pas pourquoi il avait divorcé quand Bruno n'avait que deux ans. Il avait une relation difficile avec son ex-femme, dont il avait décrété une fois à table qu'elle était dérangée. Max avait glissé qu'elle n'avait pas supporté le retour d'Algérie, et qu'après ç'avait dégénéré. Un jour, dans la voiture, ma mère avait poussé un cri alors que nous dépassions un camion, et Max avait dit sur un ton plein de sous-entendus qu'il espérait qu'elle n'était pas comme son ex-femme, hystérique.

Bruno n'était pas dans la voiture ce jour-là. Max ne voyait son fils qu'un week-end sur deux et la moitié des vacances, et il en souffrait. La question gênait ma mère, et quand Max y revenait, elle l'amenait sur un autre sujet. Nous parlions alors du travail sur les pylônes électriques, un métier qu'il avait pratiqué par la force des choses en Algérie au lendemain du tremblement de terre d'Orléansville. Max nous racontait le séisme, les maisons, les fermes, les églises et les mosquées écroulées, le millier de victimes et les routes détruites, les écoles, les usines. Il avait l'air encore ému par la violence de ce qui s'était passé dans la ville où il habitait quand la terre avait tremblé un matin de septembre 1954 alors qu'il avait à peine dix-huit ans. Il s'était porté volontaire et avait rejoint les équipes qui se formaient pour tenter de sortir les blessés des décombres et les évacuer. Il disait le ballet des hélicoptères dans le ciel, et précisait que l'événement était si impressionnant que même les États-Unis étaient venus les épauler. Le coup des Américains, il le ressortait à chaque fois. Je sentais de la fierté dans la voix de Max, qui, décidément, avait toujours quelque chose d'exceptionnel à raconter.

Ma mère l'écoutait avec admiration, d'autant qu'il avait un talent de conteur et le sens du suspense. Il répétait l'effroi du tremblement de terre, mais avec des variantes. Il parlait des Arabes qui avaient tout perdu dans les douars, le grain dans les granges, le bétail et les plantations, et que l'armée française allait secourir, une autre fois c'était la visite de Mitterrand alors ministre de l'Intérieur qu'il relatait, mais toujours il en venait aux lignes électriques qu'il fallait reconstruire, une entreprise qui l'avait passionné. Comme il était agile et téméraire, il s'était vite distingué en grimpant en haut des poteaux, et il avait rejoint les équipes de professionnels qui remontaient le réseau, des Français de là-bas, précisait-il, il y avait du travail pour plusieurs mois. Ma mère était suspendue à ses paroles et posait sur lui des yeux amoureux.

Max avait une maison près du terrain militaire, dans le quartier des villas, qui faisait un pont entre la vieille ville et la cité. Il était arrivé d'Algérie avec sa femme juste après leur mariage et on leur avait attribué un logement dans la ZUP, dans les tours pour les rapatriés, mais il n'avait pas voulu rester. Il disait que tous ces pieds-noirs plaintifs comme sa femme, ça l'excédait. De leur balcon, ils voyaient le mont Blanc par temps clair, mais pas la mer, alors la vue sur les montagnes, ça le déprimait, il avait préféré acheter une petite maison et faire le barbecue dans le jardin, *comme là-bas*, il faisait griller des merguez et des sardines, des poivrons et des côtelettes d'agneau. Il pouvait sortir en claquettes sur la terrasse et un jour peut-être ferait-il creuser une piscine. Quand sa femme était partie, il avait passé toutes ses soirées au CALO où il jouait aux boules, et avait rencontré Fernando, puis Luis.

Nous allions emménager chez Max après les vacances d'été. Il avait prévu des travaux dans sa maison, spécialement pour nous. Il avait fait aménager les combles et j'aurais une chambre sous le toit, je serais ainsi chez moi. Ma mère m'avait présenté les choses avec enthousiasme, elle m'avait fait mesurer quelle chance nous avions. J'aurais un velux avec un store que je pourrais fermer à ma guise, et aussi un petit lavabo rien que pour moi. Bruno aurait sa chambre en bas, près de celle des parents, elle serait le plus souvent inoccupée mais Max espérait obtenir une garde plus équitable, peut-être un jour supplémentaire par semaine.

En revanche, il ne voulait pas qu'Oceano entre dans la maison parce que Bruno était allergique aux poils de chat. La nouvelle m'avait terrassé et j'avais passé des nuits à essayer de trouver une solution. Je suggérai de garder mon chat en haut, de l'enfermer, de l'empêcher de répandre ses poils dans la maison, il ne se coucherait pas sur le canapé et sur aucun tapis, c'était promis, il pourrait sortir par le toit, mais Max ne voulait rien entendre, il ne m'en parla jamais directement mais par l'intermédiaire de ma mère qui devint bientôt notre messagère. Max exigeait qu'on laisse le chat dans le jardin, on n'allait pas s'empêcher de vivre pour un animal. Mais le jardin n'était pas clos, il fallait songer à construire un mur ou poser un grillage. La solution que proposait Max était plus simple, on pourrait enfin le faire castrer, ce qui lui éviterait d'avoir envie de fuguer et de se bagarrer avec d'autres chats. On parla castration un soir sur le balcon, ma mère était obligée d'admettre, cette fois, et l'histoire d'Oceano fut la première ombre au tableau.

La première nuit dans la maison fut particulière. J'étais isolé sous le toit, je voyais le ciel par le velux ouvert, la petite chambre était une fournaise. À ce moment de l'année, il y avait beaucoup d'étoiles, je les observais depuis mon lit, j'avais l'impression que le ciel bougeait, que mon matelas tanguait. Ma tête tournait, se vidait, se remplissait d'images trop vives, celles du Portugal sous le soleil. Je voyais mon père sur un cargo, qui flottait sur l'océan, toujours cette même image. Je me surprenais encore à me demander quand il allait rentrer. Puis j'entendis ma mère et Max qui parlaient en bas. J'avais envie de faire un sac et de partir dans la forêt, vivre avec Oceano, j'étais fatigué.

Il restait encore quelques jours avant la rentrée. J'ai rejoint Ahmed au terrain militaire, nous avions l'habitude de nous retrouver derrière le fil de fer barbelé en contrebas de la butte, là où coule une rivière. C'était un mince filet d'eau ce jour-là, qui serpentait entre les rives tapissées de mousse et de lierre. Il y faisait frais et sombre, nous marchions pieds nus. Ahmed était maigre, ses jambes avaient poussé d'un coup et son torse semblait s'être effilé pendant l'été. Nous ne nous étions pas vus depuis le début des vacances, au moment où il était parti avec sa famille en Algérie. Il avait l'air soucieux, et pourtant il avait sorti son couteau comme à chaque fois, et il avait taillé des branches. Il m'avait demandé ce que faisait Max pendant la guerre. Quelle guerre, les tranchées ? Oui, les tranchées d'Algérie, avait-il répondu en souriant.

Je savais sans savoir, personne ne parlait de l'Algérie, ni à la maison ni en cours d'histoire. Nous entendions un mot nouveau à la ZUP, depuis peu on parlait de « ratonnades ». Nous avions une variante pour nos jeux. Ce jour-là, Ahmed m'a sauté dans le dos, m'a plaqué contre terre, j'avais le nez et la bouche dans les feuilles humides, il a immobilisé mes poignets qu'il a tordus jusqu'à me faire pousser un cri. Il a dit c'est une ratonnade. Puis il a plaqué son torse contre mon dos et m'a demandé à l'oreille si j'avais peur des Arabes. Il paraît qu'il ne faut jamais faire confiance à un bougnoule, il siffla entre ses dents. C'est sûrement ce que dit Max, hein ? Tu ne veux pas qu'on lui fasse la peau ? Je commençai à avoir peur, Ahmed n'avait jamais poussé le jeu si loin. Quand il sortit son couteau, je n'étais pas sûr cette fois qu'il ne s'en servirait pas. Avec mon frère on viendra, et on se vengera. Puis nous avons roulé sur le côté, on aurait pu croire à une lutte, c'en était une, nous luttions mais nous ne savions pas contre quoi.

Je devais me renseigner pour Max, mais, à part le tremblement de terre d'Orléansville, il ne parlait pas de l'Algérie. Il avait dit une fois qu'il avait tout perdu, qu'il avait laissé son appartement, sa voiture, ses meubles. Il ne mettrait jamais plus les pieds en Algérie, il espérait que son fils non plus, ça lui faisait trop mal. C'était un paradis qui avait été saccagé. Il disait qu'il avait installé des kilomètres de lignes électriques, réparé des transformateurs, travaillé sur des barrages, tout ça pour être mis dehors comme un voleur. Il se sentait trahi, des deux côtés, avait-il dit un soir sur la terrasse avec Luis, on s'est fait manipuler par les Arabes et par la France. Luis disait que les Portugais s'étaient fait avoir par Salazar et, pire, parfois par les camarades communistes. Alors ils se retrouvaient tous en exil, à boire du vin récolté en France sur une terrasse dans l'ombre d'un immeuble de douze étages. Le Sud les avait trahis, ils avaient dû passer le 45e parallèle. Ils étaient *persona non grata* chez eux.

Mais ces conversations, qui revenaient souvent quand les deux hommes avaient descendu la bouteille, ne me disaient pas qui était vraiment Max. Cela ne m'intéressait pas, j'étais juste préoccupé par mon chat. La pression que me mettait Ahmed, je pouvais la contenir, il avait des bouffées quand un événement mettait les Algériens à cran, comme ce jour où on avait retrouvé trois corps de Maghrébins dans le canal de l'Ourcq à Paris, des corps marqués et roués de coups, d'après ce qu'on avait appris au journal du soir. Nous avions la télévision chez Max et rien ne m'échappait de ce qui se passait entre les Français et les Algériens. Quelques mois plus tard, une grande manifestation eut lieu à Lyon suite à l'assassinat raciste de Rezki Arezki, puis ce fut dans les rues de Marseille que les travailleurs algériens défilèrent en réaction au meurtre de Bekri Ahmed.

Ma mère ne conduisait pas. Pour nos déplacements, il fallait demander à Max ou prendre l'autobus, ce que nous avons fait pour nous rendre chez le vétérinaire. Je tenais Oceano sur mes genoux. Il a dû comprendre ce qui l'attendait, il a sorti ses griffes, il sifflait, le dos arrondi et le poil hérissé, puis il a fini par uriner sur mes cuisses alors que j'essayais de le maintenir, assis sur une banquette face à ma mère. Les gens me regardaient et avaient l'impression que je maltraitais l'animal. Personne ne bougeait, ma mère se tenait droite, si peu habituée à troubler l'atmosphère. Elle était un modèle de discrétion, de politesse, ce qui parfois m'agaçait. Là elle ne bronchait pas mais je sentais qu'elle m'en voulait de tout ce cirque. Les problèmes, c'était à cause de moi, c'est moi qui avais insisté pour ramener Oceano du Portugal, c'est moi qui m'étais attaché à lui, et maintenant il fallait dépenser de l'argent pour le faire castrer.

Les choses se sont arrangées quand nous sommes arrivés à l'école vétérinaire, une jeune femme a su calmer Oceano. J'ai dû le laisser dans une caisse grillagée et retirer son collier. L'étudiante a dit que nous pourrions venir le chercher le lendemain, une fois que les effets de l'anesthésie se seraient dissipés.

Quand nous avons enfin ramené Oceano à la maison, Max était devant la télévision et la nuit tombait. Je suis resté longtemps avec mon chat dans le jardin, j'avais peur qu'il ne se sauve. Il a flairé chaque mètre carré, chaque recoin, il avançait prudemment, les oreilles dressées, il sursautait au moindre bruissement de feuille, au plus petit crissement du gravier. Je me demandais si l'opération l'avait changé. Comment serait-il à présent ? Plus craintif, plus vulnérable ? Avait-il perdu son instinct, son tempérament de mâle ? Je lui avais aménagé un coin au fond du jardin, sous l'auvent de la cabane, j'espérais qu'il voudrait bien y rester la nuit. Je retardais le moment de rentrer dans la maison. Nous allions être séparés à nouveau. Lui dehors et moi dedans.

Je ne trouvais pas le sommeil. C'était une nuit de grand vent. Les volets de l'immeuble à proximité claquaient, des centaines de volets montés sur des rails, qui ondulaient, se tendaient, couinaient sous les assauts du vent. Nous n'habitions plus dans un appartement mais nous en avions les inconvénients, et surtout le bâtiment faisait de l'ombre à la maison. Nous entendions les voix des habitants, qui s'interpellaient d'une fenêtre à l'autre, les voix des mères qui criaient après leurs enfants qui jouaient en bas. Nous dérangeait aussi cent fois par jour le bruit des portes des garages qu'on ouvrait et fermait dans un vacarme de tôle, et les moteurs des voitures démarrés les uns à la suite des autres tôt le matin, des mobylettes dont le moteur avait été trafiqué et pétaradait.

Je cherchais à m'endormir mais le vent me tenait en alerte, puissant vent du sud chaud et doux mais qui amènerait la pluie. C'est ce que disaient les adultes, le vent du sud est mauvais signe, il rend les enfants nerveux et déclenche des migraines. Il fait hurler les fous de l'hôpital devant lequel passait l'autobus pour aller en ville, l'endroit où chacun avait peur de finir. Mieux valait habiter dans la ZUP qu'à l'hôpital, tout le monde en avait conscience. Pire que la cité, il y avait la cabane des brûlés, la prison où avait été enfermé mon père, et l'asile.

Je savais qu'Oceano ne dormirait pas, il arpenterait certainement son nouveau territoire, essaierait d'en repérer les pièges et les refuges, il sentirait d'où pourrait venir le danger. Une nouvelle ère s'ouvrait, j'allais devoir faire confiance à mon chat, qui ne dépendait plus de moi. Je devais le laisser circuler à son aise, explorer les lieux comme bon lui semblerait. Quand nous vivions dans l'appartement, c'était le contraire, il se roulait sur le balcon, il appelait, rugissait parfois comme un jeune lion, se cognait aux barreaux mais ne s'aventurait jamais au-dehors. Il n'aura jamais eu une pleine liberté. Ni avant ni à présent.

J'étais descendu dans le salon à pas prudents, en évitant de faire craquer l'escalier de bois, et j'avais regardé le jardin derrière la baie vitrée. C'était un trou noir, avec quelques reflets qui passaient sur les arbres, Oceano n'était pas parti à l'aventure, il était derrière la porte et il miaulait.

Le travail de Max était irrégulier, les jours et les horaires étaient chaque fois différents, il quittait parfois la maison en trombe pour intervenir en urgence et participer à des missions imprévues. Il y avait le téléphone dans le salon et aussi dans la chambre des parents, Max ne devait jamais s'en éloigner. Cela le rendait irritable, cette histoire d'astreinte, il ne savait jamais s'il allait être appelé ou pas. Et moi je ne pouvais jamais anticiper. J'espérais que le téléphone allait sonner et qu'il allait quitter les lieux, je n'aimais pas quand j'étais seul avec lui à la maison. Je n'osais pas descendre de mon étage, je le sentais en bas, je l'entendais qui allait et venait, qui tournait, qui ne se fixait sur aucune activité, tout entier requis par le téléphone qui pouvait sonner. Parfois il jardinait, il avait planté des légumes qu'il arrosait tous les soirs. Il parlait des plants de tomates qu'il fallait attacher, des courgettes qui venaient facilement, et des salades que les limaces venaient manger. Il avait essayé d'avoir des aubergines mais le jardin n'était pas assez ensoleillé, et il pestait contre l'ombre du bâtiment qui empêchait ses légumes de pousser, la grande coupable c'était l'ombre qui était là dès trois heures de l'après-midi, et qui interdisait au figuier de donner des fruits mûrs.

C'était le premier arbre qu'il avait planté quand il avait acheté la maison, un figuier dont l'odeur sucrée lui faisait tourner la tête. Il en parlait souvent, de l'odeur du figuier, il nous demandait si on sentait, et bien sûr le parfum nous parvenait, ma mère avait elle aussi été privée du Sud, Max semblait l'oublier. Il avait planté des melons qu'il surveillait jour après jour et dont il se demandait quand on pourrait les manger, mais les melons peinaient à grossir, on les voyait ramper sur le sol, gros comme des balles de tennis, puis, à la fin de l'été, Max, n'y tenant plus, allait chercher le moins malingre pour que nous goûtions enfin sa production. Le fruit avait un goût mêlé d'eau et de courge, il n'était pas mauvais mais n'était gorgé d'aucune saveur, ce qui avait donné une nouvelle occasion à Max de maudire le pays dans lequel il vivait.

Quand Bruno arrivait pour le week-end, Max n'était plus le même, c'est comme si la vie reprenait, il allait faire les courses, il cuisinait, il prévoyait une sortie pour le dimanche. Max allait chercher son fils le vendredi à l'école et ils arrivaient ensemble, en force et conquérants. Bruno avait le plus souvent un bâton à la main et, les premiers temps, le brandissait comme une épée, menaçant de nous tuer, ma mère et moi. Ma mère souriait et faisait semblant de croire que Bruno jouait. Moi j'avais plus de mal, je devinais dans le regard de Bruno une lueur belliqueuse. Puis avec le temps, ce rituel des retrouvailles s'est changé en salutations moins guerrières. Ma mère demandait à Bruno de laisser son bâton dehors, mais Max ne la soutenait pas. Bruno avait pris l'habitude de déposer dans le salon tout ce qu'il rapportait de l'extérieur, cailloux, feuilles, insectes morts ou branches. Ma mère ne savait pas comment s'adresser à Bruno. Pendant le repas, elle lui demandait de finir la viande dans son assiette avant qu'on serve le dessert mais Max répondait qu'il était inutile de le forcer. J'en voulais à Max de ne pas nous voir, ma mère et moi, de ne pas nous donner plus de place.

Mais ma mère avait changé, depuis qu'elle avait rencontré Max, je la sentais vivante, elle s'achetait des robes, des foulards et des boucles d'oreilles, elle confectionnait les gâteaux qu'elle cuisait au four comme au Portugal, elle allait chez le coiffeur, elle avait des envies pour le jardin, elle avait acheté des chaises longues, et planté des géraniums dans des pots. Elle cherchait une nappe pour la table de la cuisine, et un lampadaire pour le salon, qui manquait de lumière. Elle était aussi plus proche de moi, elle prenait du temps pour m'écouter, elle admirait ma façon de parler français, elle s'intéressait à ce que j'apprenais au collège. Elle n'évoquait jamais le Portugal, peut-être pensait-elle qu'avec le temps j'allais oublier, je ne sais pas si elle l'espérait ou si elle le craignait.

Le dimanche soir était un moment difficile, Bruno devait rentrer chez sa mère et il y avait toujours quelque chose qui tournait mal. Il fallait faire le sac, et cette histoire de sac rendait Max électrique. Rien n'existait que le sac et les affaires qu'il fallait rassembler, le nounours, les médicaments contre les allergies, la tenue de judo que Max avait lavée parce que, soi-disant, la mère de Bruno ne s'en souciait pas, la paire de gants qu'on ne parvenait jamais à retrouver à temps, les cahiers, le livre de lecture et, au fur et à mesure que le temps passait, Max cherchait de quoi s'énerver, il s'en prenait aux chaussures usées que portait son fils, avec la pension qu'il payait, sa mère aurait pu lui acheter des chaussures neuves, il disait la même chose des pantalons qui devenaient trop courts et dans lesquels Bruno avait l'air ridicule.

Max perdait son sang-froid, il se laissait aller à des gestes brutaux, à des paroles excessives, et c'était toujours la même escalade, il n'était pas rare qu'il casse malencontreusement un verre ou qu'il se coince un doigt dans la porte, puis qu'il se mette à jurer, et bientôt tout était la faute de son ex-femme. Enfin, nous entendions la voiture sortir du garage et nous poussions un soupir de soulagement. Mais nous avions peur qu'en faisant marche arrière il n'accroche une aile contre le muret du jardin, ce qui était déjà arrivé. Nous étions tristes aussi parce qu'il ferait bientôt nuit, parce qu'à son retour Max serait muet, muré dans son monde, et qu'il déboucherait une bouteille qu'il boirait pendant le repas jusqu'au dernier verre. Nous nous sentirions seuls ma mère et moi, n'étions-nous que des étrangers ?

Max avait dit qu'un jour il m'emmènerait sur les pylônes, il m'avait demandé si je savais pourquoi les oiseaux ne s'électrocutent pas quand ils se posent sur les fils. J'aimais quand il parlait de son travail, quand il était habité par sa mission. Il me racontait les accidents qui arrivent de façon stupide, sur des sites pourtant sans danger. Une fois hissés sur le haut du pylône, une fois que les boîtes ou les fils à réparer étaient à portée de main, les hommes n'avaient pas le droit d'allumer une cigarette, ils portaient sur eux les outils nécessaires, ils ne devaient pas détacher le baudrier. Il arrivait qu'ils s'installent sur les fils après avoir coupé la tension, et qu'ils demeurent à califourchon au-dessus du vide, c'est ce qu'il avait fait un jour, sur le flanc d'une montagne. Il me racontait le froid et le vent d'en haut. Il avait depuis longtemps vaincu le vertige et il me disait que je ferais bien d'apprendre la même chose, ne pas céder à l'appel du vide, cela me servirait toute ma vie.

En revanche, il était moins sûr quand il fallait monter sur un des arbres du jardin pour en couper les branches. Il faisait appel à un élagueur et cela lui coûtait cher. C'était pareil pour le toit, quand il fallait changer une tuile, il marchait à quatre pattes, il avait honte, d'autant que les habitants de l'immeuble d'en face pouvaient l'observer. Ce qui excitait Max était d'accomplir de grands travaux, il avait passé une année pour l'aménagement d'un barrage sur le Rhône quand Bruno était petit. Un jour, il me parla de débit, de turbines, de transformateurs et de lignes à haute tension. Il avait exécuté de petits croquis dans un carnet sur la table de la cuisine, il m'avait révélé quelques formules de physique à propos de l'énergie cinétique, mais j'étais trop jeune pour les calculs, même si je m'intéressais aux chutes de l'eau et au mystère qui transforme l'énergie mécanique en énergie électrique. Ce fut au retour de ce long chantier que sa femme l'avait quitté.

Mais Max ne m'emmenait pas. Le jour où je le lui avais rappelé, il avait dit qu'il n'avait pas le droit, ce serait trop dangereux. Il faisait comme si nous n'avions jamais eu cette conversation, comme si j'avais rêvé. Il aurait fallu m'entraîner, m'expliquait-il, on ne fait pas courir un tel risque à un enfant. Il ne me trouvait pas assez courageux. C'est peut-être pour cette raison que j'ai demandé à ma mère de m'inscrire à l'escalade. Je voulais prouver à Max que je pouvais moi aussi accomplir des efforts virils. Un club venait de se monter dans le quartier, avec un mur de huit mètres, vingt lignes de cordes, et un parcours avec tyrolienne. C'était nouveau et tentant. Ma mère était soulagée que je m'intéresse à quelque chose, elle avait eu peur que je reste à m'isoler sous les combles et que j'aie pour unique copain Ahmed, qu'elle ne m'encourageait pas à amener à la maison.

J'ai quand même proposé à Ahmed de venir me chercher, peut-être pour tenir tête à Max qui n'avait pas tenu sa promesse. Et pour qu'Ahmed voie de ses yeux. Il est arrivé un samedi dans l'après-midi et est monté dans ma chambre sans que Max le croise. Max s'affairait dans le garage, mais c'est comme s'il avait flairé une présence. Il est entré dans la cuisine pour boire un café – il disait *kawa*, en pataouète, nous qui étions portugais nous ne nous en rendions pas compte.

Ahmed était plus grand que moi et devait se baisser à cause du toit mansardé. Il sifflait d'admiration, il disait que mon coin était bien, lui, il partageait toujours sa chambre avec son frère aîné. Nous étions assis sur le lit, à nous demander ce que nous allions faire de notre après-midi quand Max m'a appelé. Il voulait que je l'aide, ce qui n'arrivait jamais. Je suis descendu, contrarié. J'ai tenu la lampe au-dessus du moteur de la voiture, c'était tout ce qu'il voulait, que je tienne la lampe, mais comme il n'arrivait pas à dévisser la pièce – il ne trouvait pas la bonne clé et le pas de vis semblait grippé –, cela a duré de longues minutes, lui penché sur le moteur, et moi tout près, à lui donner de la lumière. Je respirais son haleine qui sentait le café, et l'odeur de transpiration qui avait fini par le gagner, je voulais partir mais je n'osais pas lui dire qu'un copain m'attendait dans ma chambre, et qu'il était plus important. Il était le seul à m'apporter du réconfort en ce moment, à me comprendre. Lui ne me demandait pas de lui prouver que j'étais un homme, il était comme moi, un peu perdu.

Je voulais m'extraire de cette situation pénible, Max en maillot sans manches et les mains pleines de graisse, en train de forcer au-dessus d'une pièce mécanique, et moi tenant la lampe avec la peur de me salir comme si j'étais une fleur délicate. Au moment où j'allais renoncer, Max m'a demandé de me mettre au volant. Après qu'il a mis le contact, il m'a crié d'appuyer sur l'accélérateur, plus fort, encore plus fort, et pendant que j'étais assis sur le siège avant, il tentait de repérer quelque chose dans le moteur, un câble qui se tendrait mal, une courroie qui ne tournerait pas, un bruit suspect. Quand il a décidé de couper le moteur, j'ai voulu m'éclipser, j'ai dit que j'allais jouer avec un copain. Là il a voulu savoir ce que mon copain avait à cacher, pourquoi il se planquait en haut. Il m'a averti qu'il ne voulait pas de ça chez lui.

Nous avons fait connaissance avec le frère de Max, sa femme et ses deux enfants, qui étaient venus pour un barbecue un soir où la douceur de l'air permettait de manger dehors. Max disait qu'en positionnant correctement le parasol le vis-à-vis avec le bâtiment d'en face ne serait pas gênant. Mais son frère répondait qu'il lui faisait le coup à chaque fois, que le début de soirée était tranquille et puis on finissait avec des tirs de carabine à plomb dans les mollets. Ma mère secondait Max qui préparait le feu pour les grillades. Mais le feu tardait à prendre. Ma mère tenait à la main la bouteille d'alcool à brûler et il y avait ceux qui étaient pour et ceux qui étaient contre. Elle avait du mal à entrer dans la conversation avec Jean et Irène. Elle faisait des efforts mais son accent et les quelques fautes de français qu'elle commettait encore lui interdisaient des interventions spontanées. Je la sentais soucieuse de faire bonne impression.

Max a dit que la jeune personne de mon âge serait comme ma cousine et j'ai senti que les adultes avaient un sourire de connivence. C'était Joëlle, elle était assise sur une chaise et ne bougeait pas. Bruno était avec son cousin, les deux jouaient déjà avec un ballon dans le jardin. La soirée a passé, Max et son frère fumaient. Max était fier de ses grillades, comme toujours un peu carbonisées mais savoureuses parce que relevées avec des épices, du cumin, du gingembre, il servait et resservait chacun, il semblait particulièrement apprécier la femme de son frère, qui avait de magnifiques yeux noirs et un chignon impeccable. Ma mère portait une robe démodée et j'étais déçu qu'elle ne se montre pas plus séduisante, elle aurait pu mettre un collier et du rouge à lèvres. C'est comme si elle acceptait d'être invisible, et peut-être inférieure. Alors qu'Irène bougeait, plaisantait, faisait s'entrechoquer ses bracelets, et allongeait les jambes qu'elle avait bronzées et sans doute très douces.

Joëlle et moi nous sommes installés un moment dans ma chambre après le repas, et nous avons regardé l'atlas, le Portugal, l'Afrique du Nord. Elle était née en Algérie mais n'en avait gardé aucun souvenir, c'était peu avant l'indépendance. Elle dit que ses ancêtres avaient quitté l'Espagne à bord d'une barque, et avaient accosté en Algérie par hasard. C'était à cause de la famine, c'était tout ce qu'on lui avait raconté. Elle n'avait pas envie d'en savoir davantage. Elle n'avait pas l'accent pied-noir comme ses parents ou comme Max, elle parlait doucement et cachait ses yeux sous une frange très raide.

Ma mère était heureuse que Max soit fort. C'est ce que je sentais. Il nous protégeait, il portait de la terre dans une brouette, il sciait du bois pour la cheminée. Il savait attacher une remorque à l'arrière de la voiture pour partir en vacances, il savait remplir le coffre avec des matelas pneumatiques et une toile de tente qu'il avait achetés. Il savait étudier une carte routière et décider de l'endroit où nous irions camper.

Il voulait la mer, il rêvait de la mer, le Sud, la chaleur, la grande bleue, c'était l'idée fixe. Et son énergie emportait ma mère, lui donnait de l'élan et un regard confiant. Quand Bruno était là, elle était patiente, elle aurait tout supporté pour se montrer parfaite, elle grimaçait mais n'élevait pas la voix si Bruno exterminait des insectes, jetait des cailloux sur la voiture du voisin, ou envoyait le ballon sur les pots de plantes aromatiques. Elle avait peur de déplaire à Max, elle craignait de le décevoir. Déjà qu'elle avait son accent. Elle ne criait pas quand Bruno dessinait au feutre sur le mur.

Nous devions nous plier au planning décidé par le jugement, les semaines paires, le mois de vacances, juillet et août en alternance, et il fallait que ma mère obtienne à l'usine le congé qui arrangeait Max, ce qui était souvent la cause d'un grand stress. Mais elle y arrivait, au prix de nombreux efforts, elle s'adaptait à toutes les contraintes. Notre vie dépendait des allées et venues de Bruno, et de l'humeur de Max qui se laissait gagner par les paroles de son ex-femme, qui menaçait, mettait en garde, envoyait des courriers recommandés avec accusés de réception.

Nous allions partir en vacances pour la première fois tous les quatre. Les préparatifs étaient longs, et Max devait repasser chez la mère de Bruno, qui avait omis de mettre son maillot de bain et sa casquette dans sa petite valise. Ma mère disait que ce n'était pas grave, on achèterait sur place ce qui manquait, mais Max ne lâchait pas, au fur et à mesure que la matinée avançait, il se tendait, puis tournait bientôt comme un animal en cage, il était sûr que son ex-femme avait fait exprès. Ma mère avait encore assez d'humour pour prendre les choses à la légère. Nous avions réservé un emplacement dans un camping du côté de Menton tout près de la mer et il était prévu que nous irions aussi nous promener en Italie. Mais la mère de Bruno n'avait pas fourni l'autorisation de sortie du territoire. Max a voulu téléphoner, mais son ex-femme ne décrochait pas. Nous étions là, ma mère et moi, à ne plus savoir que faire, inquiets, et pour la première fois, méfiants, parce qu'il y avait, dans le regard de Max, une étincelle noire qui ne disait rien de bon. Bruno faisait comme d'habitude, celui qui n'entendait pas, il dessinait sur la table du salon, un incendie qui montait au ciel, avec du noir et du rouge.

Au lieu de partir le matin, comme c'était prévu, au lieu de nous arrêter en route pour pique-niquer, nous avons attendu que Max se décide. Il a fallu que ma mère insiste pour que nous chargions la voiture malgré tout. Nous avons mangé sur la table de jardin, nous avons déplié les chaises que nous venions de plier, personne ne parlait ni n'avait plus envie de partir. Max a enfin rempli le coffre, en faisant en sorte que tout tienne sans qu'on soit obligés d'utiliser la remorque. Je mangeais les chips, celles qu'on aurait dû ouvrir sur la nationale 7, et en dessert un abricot acheté sur le marché, puisque les pêches de l'arbre n'étaient pas encore mûres. Nous avons fermé le gaz, l'électricité, et Max a arrosé une dernière fois le jardin. Nous avons verrouillé la porte et vérifié que les volets étaient bien fermés. Puis c'est le portail que Max a fixé, avec une barre de fer supplémentaire. Il a ajouté que ça ne servait à rien, que, de toute façon, *ils* passaient par-dessus, avec ce qui traînait dans le quartier, ce n'était pas de gaieté de cœur qu'il quittait sa maison.

Luis et Lydia viendraient nourrir Oceano en notre absence. Il dormait à présent dans une niche que j'étais allé acheter avec ma mère. Nous avions pris l'autobus jusqu'au magasin de bricolage, près de la déchetterie. Nous étions gênés de chercher une niche pour un chat, nous n'osions pas l'avouer au vendeur. Il nous fallait la niche la plus modeste qui soit, intime et confortable. Et légère à transporter. Il y en avait de toutes les tailles et de toutes les factures, en planches, en plastique, et même en briquettes. Nous avions choisi un modèle en pin, avec des lamelles de plastique qui protègent l'entrée. Le vendeur nous avait vendu une niche à monter nous-mêmes. Quand nous étions rentrés, ma mère avait annoncé la nouvelle à Max en souriant, et j'étais allé chercher les outils dans le garage. J'avais posé les pièces en vrac sur la terrasse, je consultais le mode d'emploi, perplexe, imaginant que Max allait m'aider, puisqu'il tournait là en short sans rien faire. Il était passé près de moi en tordant la bouche, il avait l'air contrarié. C'était comme si je m'apprêtais à construire une maison sur son terrain sans lui avoir demandé l'autorisation. Après il avait dit qu'une niche pour un chat, on aurait tout vu.

Il était presque quinze heures quand nous avons pris la route. Ma mère était éteinte, la bonne humeur qu'elle avait tenté de maintenir était à présent anéantie, et je la sentais prostrée à l'avant de la voiture, gagnée par la tristesse, alors que Max semblait miraculeusement reprendre du poil de la bête et commentait ce qu'on entendait à la radio. C'était le Tour de France, il avait augmenté le son, et l'image de mon père m'apparut, lui qui ne ratait jamais une étape et qui avait son avis sur les coureurs. On entendait toujours parler de l'Espagnol Luis Ocaña et du Français Bernard Thévenet, les Belges étaient forts aussi, je ne retenais jamais leurs noms, et cette année il y avait encore le Portugais Joaquim Agostinho que je soutenais secrètement. Mon père n'avait pas eu le temps d'entendre parler de lui, ça me ferait quelque chose à lui raconter le jour où je me déciderais. J'avais eu cette idée, je me disais qu'il me faudrait raconter à mon père ce qui s'était passé après sa mort, puisque je ne pouvais pas aller sur sa tombe, il faudrait lui faire jour après jour le compte rendu de mes journées. Je commençais à savoir trier ce qui était important.

Dans la voiture, Bruno s'était endormi, sa tête venait parfois s'appuyer contre mon épaule et cette proximité me plaisait. Je me disais que nous pourrions être frères, qu'avec le temps nous pourrions être deux, mais la mère de Bruno n'accepterait sans doute jamais de nous le laisser davantage. Elle avait dit un jour que j'étais « un frère tombé du ciel », Bruno me l'avait répété.

Nous avons roulé longtemps, fait une pause au bord d'un champ, sous un eucalyptus agité par le mistral, qui soufflait fort. Max s'était allongé et avait dormi quelques minutes, ma mère avait sorti son tricot. Avec Bruno nous voulions jouer au badminton mais nous n'avons pas trouvé les volants dans le coffre de la voiture, alors nous avons essayé d'apercevoir les cigales qui chantaient, agrippées à l'écorce des troncs.

Nous sommes arrivés après avoir cherché longtemps le bon camping, Max soupirait et ma mère, comme toujours, essayait d'arrondir les angles. Nous avons monté la tente, j'avais envie que Max me propose de le faire avec lui, mais il m'a demandé de gonfler les matelas, et c'est avec Bruno qu'il a fixé les sardines à l'aide d'un maillet, et tendu les cordes.

Bruno voulait téléphoner à sa mère pour dire qu'il était bien arrivé. Il était comme moi, il avait un autre monde, et il naviguait entre les deux, sauf que mon monde à moi n'était qu'imaginaire. Je me demanderais peut-être un jour s'il avait existé.

J'ai aimé la première nuit sous la tente. J'ai dormi près de Bruno et nous étions séparés des parents par une cloison de toile. Pour ouvrir, il fallait zipper et cela provoquait un bruit spécial, c'était le bruit du camping, ce *zip* des fermetures éclair, qui résonnait ici et là.

J'étais allongé dans l'obscurité et j'entendais toutes sortes de sons avec lesquels je devrais me familiariser, ceux de pas qui se rapprochaient, puis s'éloignaient, des chuchotements, de petits cris dont je ne savais pas s'ils provenaient d'animaux ou d'humains, des raclements de gorge, de la musique dont je me demandais si elle venait d'une tente ou d'un bal au village, et toujours ce *zip* qui disait que quelqu'un se couchait ou se levait. Tout semblait bouger autour de moi, comme si un monde de fantômes se mouvait, les phares d'une voiture balayaient parfois le noir et pénétraient la tente, et j'avais la sensation que rien ne nous protégeait, la toile était perméable, nous n'étions ni dedans ni dehors. Bruno n'était pas rassuré dans le noir et il cherchait à se blottir contre moi. Il demandait si j'avais peur, et bien sûr je lui montrais que j'étais fort.

Nous avons été réveillés tôt par la chaleur et les rayons du soleil déjà haut. Quand je me suis extirpé au-dehors, tout le monde dans le camping s'activait et marchait sur le chemin avec une serviette de toilette posée sur l'épaule. Max préparait le petit-déjeuner et faisait chauffer de l'eau sur un réchaud. Nous allions vivre au ras du sol, assis, accroupis ou parfois installés sur des chaises pliantes. Nous allions conserver nos aliments dans une glacière, le ravitaillement en glace deviendrait un souci quotidien. Nous allions vivre quasiment dévêtus, et nous allions devoir emporter avec nous le papier hygiénique pour aller aux toilettes dans les sanitaires au bout du chemin. Tout était bien.

Nous sommes allés à la plage, c'était très différent du Portugal, la mer n'était pas l'océan. Nous pouvions avancer sur le sable et entrer dans l'eau sans que les vagues ne viennent nous assaillir. La mer était calme, presque tiède. Me revint une journée sur une plage près de Lisbonne, où j'avais construit un château de sable avec mon père, je le revoyais en train de creuser un tunnel dans lequel l'eau s'était engagée, de plus en plus haut, jusqu'à mouiller toute la construction puis bientôt tout détruire. Ma mère portait une robe rouge, il me semblait qu'elle était restée habillée, assise sur une serviette, je voyais cette couleur rouge, et le vent qui soulevait les grains de sable.

Max voulait que Bruno apprenne à nager. Il a rappelé que nous étions venus à la mer aussi pour cela. Il a demandé à Bruno de le rejoindre dans l'eau sans sa bouée. Les deux m'ont laissé seul sur le bord. J'ai tourné un peu en rond, j'ai ramassé quelques coquillages que j'ai rapportés à ma mère, assise sous le parasol. Max obligeait

Bruno à se lancer, il l'encourageait. Quand Bruno avait peur, Max refusait d'entendre, il fallait que son fils se maintienne à la surface de l'eau, sans mettre un pied au fond, sans tricher. Bruno demandait à sortir, mais Max ne lui laissait aucun répit, il fallait qu'il exécute encore quelques brasses, ce n'était jamais assez. Max ne se lassait pas, il donnait des conseils qui devenaient des ordres, Bruno était courageux mais il préférait jouer que de s'appliquer à satisfaire son père, il voulait s'échapper.

Puis les deux sont enfin sortis de l'eau. Bruno m'a attaqué et a provoqué une bagarre sur le sable, un de ces faux combats auxquels nous nous livrions parfois, et qui pouvaient se terminer mal, un coup mal esquivé, une empoignade trop brutale, provoquant non pas des larmes mais des cris. Nous avons poursuivi la bagarre dans l'eau. Nous jouions près du bord mais il arrivait que nos têtes, au cœur de l'action, s'immergent et resurgissent dans une gerbe d'écume. Nous riions, nous nous excitions comme le font les enfants dans la chaleur de l'été, j'avais conscience d'être le plus grand aussi je prenais garde que nos corps-à-corps ne mettent pas Bruno en danger, même si nous ne nous ménagions pas.

Je savais que les parents étaient à quelques mètres et j'imaginais qu'ils nous surveillaient. Ma mère, sûrement, avait les yeux rivés sur nous, elle si vigilante et toujours en alerte. Nous poussions des cris, nous exagérions la mise en scène de notre lutte, nous n'étions pas loin de boire la tasse, quand soudain j'ai vu Max foncer vers nous, faire de grands gestes affolés, et hurler une insulte à mon adresse, avant d'attraper son fils et de le sortir de l'eau, comme s'il le sauvait de la noyade. J'ai vu le visage mauvais de Max, j'ai senti sa colère monter. Je n'ai pas compris ce qui arrivait. L'insulte a fait comme un écho dans ma tête, le mot a ricoché sur les vagues et m'est revenu amplifié. C'était dur à encaisser. Ma mère, qui avait entendu, s'est levée d'un bond, s'est tenue debout très droite devant Max, elle a voulu le toiser, lui tenir tête enfin, et elle a crié sans réfléchir on s'en va, ce qui voulait dire cette fois on te quitte, on vous quitte, on n'y arrivera pas. Elle a ramassé sa serviette, ses affaires, tout remis dans son sac, et elle m'a dit de la suivre. Je me suis demandé où nous irions. J'ai eu peur que la vie s'arrête encore une fois.

Nous sommes allés au bout des vacances avec Max et Bruno. Ma mère avait perdu sa légèreté. Mais elle ne voulait pas revenir à l'étape précédente, elle et moi face-à-face, seuls au monde dans un appartement, dans un pays où nous étions des étrangers. Elle trouvait des excuses à Max, elle ne m'en disait jamais de mal, elle se mentait sans doute comme elle me mentait mais elle préférait peut-être ce mensonge à la réalité qui nous avait chassés du Portugal. Elle parlait de Max avec égards, elle disait qu'il était fatigué par son travail, qu'il souffrait de ne pas vivre plus souvent avec son fils. Elle pensait que les choses s'arrangeraient, que Max et moi finirions par nous apprivoiser. Elle le voulait, elle l'espérait, je voyais la force qui la traversait, l'énergie, l'obstination à vouloir faire bien, à construire pour nous des liens, tisser jour après jour les fils qui nous relieraient.

Nous ne sommes pas allés en Italie mais nous avons visité des grottes, un village perché sur un rocher, nous avons mangé des moules dans un restaurant, et nous avons fait une promenade en bateau. Nous avons envoyé des cartes postales disant que les vacances étaient belles. J'ai vu Max enlacer ma mère, la prendre par la taille un jour sur le port, j'ai vu qu'il essayait lui aussi de reprendre le cours des choses. Je ne pouvais qu'espérer. C'était aux adultes de décider.

J'ai cherché longtemps Oceano à notre retour. Je n'avais cessé d'y penser. Je suis resté sur la terrasse le premier soir, à appeler, mais la niche était vide. J'ai marché dans le quartier, le long des maisons avec jardin qui jouxtaient la nôtre, j'appelais, je scrutais, j'essayais de savoir ce que j'aurais fait à sa place. C'était l'été et il n'avait pas été obligé de se protéger du froid, il avait pu simplement explorer les environs, attiré toujours plus loin, par une ombre, une odeur, un autre animal. J'entendais les histoires qu'on racontait sur les animaux domestiques, qui parcourent des kilomètres pour retrouver leur maison, mais c'était valable pour les chiens. Les chats étaient différents, il était possible qu'Oceano ait trouvé de meilleurs maîtres, plus accueillants, qui lui permettaient de profiter du moelleux des fauteuils de leur salon. L'inquiétude et la colère me gagnaient. J'avais dû laisser Oceano malgré moi. J'en voulais à Max, de me causer cette peine.

J'espérais trouver Oceano près des immeubles, là où des enfants jouaient et l'avaient peut-être nourri. J'ai traversé des parkings presque déserts. Les racines des acacias soulevaient le goudron déjà gondolé à cause de la chaleur. Quelques voitures étaient garées là, la plupart modestes et mal en point, j'ai vu des pneus à plat, des rétroviseurs cassés, des pièces détachées abandonnées au sol. J'ai croisé deux hommes basanés qui fumaient debout contre un mur. J'ai pensé qu'Oceano s'était peut-être aventuré dans les caves, suivant d'autres chats, mais la porte était fermée, j'ai tenté une autre porte et j'ai eu peur du regard des hommes. Je n'osais plus appeler, je ne voulais pas avoir l'air pitoyable, je marchais la tête haute, comme si je passais là par hasard, j'ai aperçu des bustes penchés au balcon, dont j'imaginais qu'ils se moquaient. J'étais une cible parfaite, je sentais l'hostilité monter, simplement parce qu'on ne me connaissait pas. J'étais comme un intrus sur un territoire interdit. J'espérais qu'Oceano n'avait pas eu à souffrir. Je repensais aux brûlés qui cramaient des chats, et même s'ils étaient partis depuis longtemps je savais qu'on pouvait infliger cela aux animaux.

Oceano est arrivé le lendemain en courant sur le muret. J'étais sur la terrasse et je l'appelais. Je n'avais rien pu faire d'autre depuis que je m'étais levé. Même au milieu de la nuit, j'avais ouvert le velux, je m'étais mis debout sur mon lit et j'avais sorti le torse dans l'air chaud en appelant. Oceano a foncé vers moi. Je ne pensais pas qu'un animal était capable d'autant d'affection. J'étais soulagé que Max ne voie pas cela. Je n'aurais pas osé me montrer aussi sensible.

La télévision restait le plus souvent allumée, et c'était ma mère qui en baissait le son quand Jean et Irène venaient manger le dimanche. Jean racontait à chaque fois qu'il avait tourné longtemps avant de pouvoir garer sa voiture et qu'il regrettait que Max ne lui ait pas gardé une place sous la fenêtre du salon, à l'arrière. Il arrivait avec ce reproche et la conversation s'enclenchait toujours autour de cette histoire de voiture que Jean redoutait de garer sur le parking de l'immeuble. Des fois qu'on lui créverait les pneus. Il venait d'acheter une voiture neuve et il était reparti pour vérifier que chacun avait bien verrouillé sa porte. L'acquisition de la GS Citroën était revenue plusieurs fois dans la conversation, parce que Max préférait les Peugeot et les boîtes à vitesses automatiques, et le ton était monté quand les deux frères avaient comparé les performances de leurs véhicules. Ma mère avait servi l'apéritif sur la table basse. Max maniait avec brio le doseur de pastis pour les hommes, les femmes trempaient leurs lèvres dans un fond de porto. Joëlle et moi mangions des olives. Max avait servi un nouveau verre à Jean, qui protestait pour la forme, c'était un petit jeu entre eux. Il y avait le débauché et le sérieux, l'aîné dévergondé et le jeune plus timoré. Celui qui avait fait la guerre d'Algérie, et l'autre pas.

Joëlle et moi avions peu de chose à nous dire. J'entendais Max rire de plus en plus fort. Puis il desserrait le nœud de sa cravate sous le regard agacé de ma mère qui faisait des allers et retours jusqu'à la cuisine. Irène complimentait ma mère, disait que c'était une bonne idée, d'avoir combiné le rôti avec les marrons, et surtout le jus, quel délice. Ma mère coupait le pain, chacun avait du jus à saucer dans son assiette, comme c'est elle qui faisait la vaisselle, elle aimait qu'on lui facilite la tâche. La conversation était vive, Max prenait de plus en plus de place, il se levait pour ouvrir une autre bouteille de vin, ses joues se coloraient, il insistait pour resservir Jean.

Ma mère voulait changer les assiettes pour le fromage, et Irène, par une sorte de solidarité féminine, a assuré qu'on pouvait garder celles-ci, d'autant qu'on les avait saucées, et elle a pressé son assiette immaculée contre sa poitrine. Ma mère a fait mine de vouloir la lui arracher, et ce duo prétendument outragé nous a amusés et a fini par déteindre sur le reste de la tablée. Max, un peu ivre, a posé son assiette sur ses genoux, les deux jeunes cousins, qui n'avaient rien compris à la manœuvre, se sont mis à imiter les adultes et ont fait des choses incongrues avec la vaisselle, et le délire est monté d'un cran, jusqu'à ce qu'une assiette tombe et se brise sur le carrelage dans un grand fracas. Tout le monde s'est levé et a constaté que c'était l'assiette de Bruno qui s'était brisée. Max s'est déplacé, les yeux rougis et la moustache encore tachée par la sauce. Il est arrivé derrière moi et je l'ai entendu énoncer sèchement que c'était au plus grand de faire attention, au lieu de faire des manières. Après quoi il m'a demandé de ramasser tout ça. Le silence s'est fait d'un coup. Ma mère ne s'est pas opposée, pour ne pas faire d'histoire devant les invités, mais on voyait qu'elle se raidissait. Puis elle a retrouvé une forme d'autorité naturelle et a imposé, cette fois, qu'on change les assiettes. Personne n'a contesté et la vaisselle s'est empilée comme par magie au bout de la table, pendant que je m'affairais au sol avec une pelle et une balayette, en serrant les dents.

Ma mère a servi le fromage dans le calme. Je sentais naître en moi un sentiment nouveau, qui se déployait, et dont je savais qu'il aurait des conséquences. Les images à la télévision, toujours en sourdine, offraient le spectacle qui nous sauvait, et la conversation a repris à propos de l'OPEP et du prix du baril de pétrole, et donc de l'essence qui augmentait. Jean se demandait s'il avait bien fait d'acheter cette GS Citroën qui pompait dix litres au cent. Max abondait, sans négliger de rabattre le caquet de son frère qui n'accomplissait que de petits trajets, alors que lui, avec sa Peugeot à boîte automatique, il pourrait un jour parcourir les mille deux cents kilomètres qui nous séparaient du Portugal, d'une traite. Je ne savais pas si Max disait vrai, s'il avait réellement le projet d'aller au Portugal ou si cette parole n'était qu'une vantardise supplémentaire pour épater son frère.

Jean s'est servi un morceau de roquefort et s'est fait rabrouer par Irène qui lui a rappelé qu'il fallait le couper dans l'autre sens. Ma mère a déclaré que chez elle on ne faisait pas de chichi, mais elle l'a dit avec un tel accent que personne n'a compris. J'ai choisi un morceau de comté et Bruno a voulu manger la même chose. Depuis quelque temps il me prenait comme modèle. Joëlle a passé son tour, son petit frère aussi.

J'ai vu Bruno rougir d'un coup. La partie inférieure de son visage est devenue cramoisie et j'ai eu peur, j'ai appelé Max. Bruno n'avait pas encore perçu l'agression, mais bientôt son menton a enflé, ses lèvres et le bas des joues ont gonflé, et les démangeaisons l'ont gagné. Max, déjà debout dans le dos de son fils, lui a fait cracher le bout de fromage, l'a emmené dans la salle de bains, sans que personne ne comprenne ce qui arrivait. Ma mère s'est précipitée à la suite de Max, a tourné comme une mouche curieuse, persuadée que son aide serait la bienvenue, puis, après avoir été chassée, elle est revenue au salon en disant que Bruno n'était pas joli joli à voir, phrase accompagnée d'une grimace assez explicite. Max a refait une apparition, à la recherche d'un comprimé d'antihistaminique, qu'il ne trouvait ni dans l'armoire à pharmacie ni dans le sac de son fils. Après avoir fouillé encore les tiroirs de la cuisine, il a voulu emmener Bruno aux urgences. Nous les avons vus sortir précipitamment, nous avons entendu la voiture démarrer, puis s'éloigner en trombe, et le repas a été subitement interrompu.

Joëlle et moi sommes montés dans ma chambre. J'ai mis un disque pendant qu'elle s'asseyait sur le lit et bougeait les jambes dans ses collants blancs. Elle avait enlevé ses chaussures pour ne pas salir. Je chantais en même temps que la musique, je lui ai dit que je voulais devenir chanteur. Puis je suis monté sur le lit et j'ai ouvert le velux pour lui montrer que je pouvais passer la tête et surveiller le quartier depuis le toit. Elle est montée à son tour, et a voulu savoir si je connaissais le garçon qui roulait à vélo et tournait sur le parking, un Arabe, a-t-elle précisé. Nous regardions dehors debout l'un près de l'autre. Elle se pressait contre moi et je ne sais pas si j'aimais ou redoutais sa présence. J'entendais sa respiration mais rien ne me troublait, ni sa peau, ni ses longs cheveux, ni ses lèvres toutes proches des miennes. Elle m'a demandé si j'étais déjà monté sur le toit. Elle en avait envie, elle avait les yeux qui brillaient, j'ai dit que j'avais froid, qu'on essaierait un autre jour. J'ai refermé le velux et nous avons continué à écouter des disques. Elle agitait ses jambes sur la musique, elle semblait attendre quelque chose qui n'arrivait pas.

J'ai entendu la voiture de Max qui revenait. Nous sommes redescendus dans le salon. Bruno était en pleine forme, comme s'il n'était rien arrivé. Il a dit qu'ils étaient allés chez sa mère pour prendre le médicament qu'il avait oublié. Max a annoncé « plus de peur que de mal » sur un ton victorieux. Ma mère était en train de faire la vaisselle, aidée par Irène qui essuyait les assiettes. Elle était reléguée à cela, s'occuper de la vie domestique, pendant que l'ex-femme de Max détenait encore tous les pouvoirs.

Quelques jours plus tard, ma mère est montée dans ma chambre. Elle s'est assise sur mon lit, ce qu'elle ne faisait jamais. Elle venait de recevoir un appel de sa sœur, elle était déboussolée, la révolution venait d'avoir lieu au Portugal. Elle m'expliqua que c'était allé très vite, en quelques heures, des militaires avaient renversé la dictature.

Luis et Lydia sont passés à la maison le soir. Ils étaient excités et méfiants à la fois, ils disaient que tant qu'ils n'auraient pas vu ils n'y croiraient pas. Ils se sont mis à parler portugais alors que cela ne leur arrivait plus. Puis ils revenaient au français quand ils sentaient que Max se tendait. Ils parlaient des militaires insurgés, le Mouvement des forces armées, et puis ils enchaînaient à propos du marché aux fleurs de Lisbonne où les Portugais s'étaient rassemblés, ils étaient fiers de dire que leur révolution s'était passée sans massacre, quatre personnes seulement avaient été tuées quand la police avait tiré sur la foule. Ma mère évoquait la plantation de fleurs de sa sœur, et affirmait que les œillets dont chacun parlait venaient de chez elle, les œillets que les militaires avaient placés dans le canon de leur fusil. Max n'avait pu s'empêcher de faire remarquer qu'une révolution avec des fleurs, il ne fallait pas rêver. Il ne supportait pas que le Portugal s'émancipe en douceur, alors que du sang avait été versé en Algérie. Luis avait dit à Max qu'on ne pouvait pas comparer, l'Algérie c'était une colonie, et justement le Portugal décolonisait aussi, tout était lié.

Mais ce qui chagrinait ma mère, Lydia et Luis, c'était de ne pas être sur place, ils n'avaient rien à faire en France à présent. Max restait silencieux mais je sentais un malaise monter. Il ne pouvait être solidaire, le Portugal n'était pas son histoire, il nous avait fait croire que nous irions un jour en vacances avec sa voiture à boîte automatique, mais le souhaitait-il vraiment ? Luis avait repris la parole et dit que les capitaines qui formaient la Junte de salut national venaient de venger mon père. C'était une victoire pour le Portugal mais aussi pour nous, pour les communistes, pour le peuple, pour ma mère et pour moi. C'est une date que je devrais retenir, a ajouté Luis, cette fois en français, le 25 avril 1974. Il tapa dans ma main et me serra contre lui comme si j'étais un homme, comme si j'étais mon père en personne.

Les jours qui suivirent furent des journées décousues, je m'étonnais qu'à l'école personne ne parle de la révolution des Œillets, pas même le professeur d'histoire. Nous étudiions le siècle des Lumières et l'âge industriel, on ne nous disait rien pour l'instant de l'époque contemporaine. Ma mère acheta tous les journaux qu'elle put trouver, lut tous les articles, elle s'intéressa d'un coup au journal télévisé et allumait la radio dès le réveil. Elle qui ne prenait pas de place dans la maison se mit soudain à exister, on la sentait traversée par une énergie nouvelle, une vitalité qu'elle avait du mal à contenir. Elle partait travailler en chantonnant, on savait qu'elle aurait quelque chose à raconter sur la chaîne de montage, j'avais peur que, emportée par son excitation, elle ne tienne tête à la Rovira qui contrôlait toujours chaque geste et chaque pause, mais la période d'essai de ma mère était finie depuis longtemps. Ma mère redevenait portugaise et n'avait plus comme objectif de s'intégrer, de se dissoudre dans la masse, elle revendiquait soudain ses origines et son passé. Je n'aurais pas imaginé que la révolution lui donnerait autant d'aplomb, elle qui ne parlait jamais de politique et craignait les paroles véhémentes de Luis. Pour la première fois, elle demanda à Max si on pourrait se rendre au Portugal cet été, c'est-à-dire dans trois mois. C'était une proposition mais elle la formulait comme un souhait si intense qu'il résonnait comme une injonction.

J'ai annoncé la nouvelle à Ahmed, qui siffla un grand coup et dit qu'une révolution avec des fleurs, c'était un truc de filles. Il ne comprenait pas plus que moi de quoi il s'agissait. J'ai quand même dit pour mon père, c'était la seule chose qui m'intéressait. J'avais fini par comprendre qu'il était mort à cause de la dictature, mis en prison pour ses idées, mais les causes de sa mort étaient restées floues, une crise d'asthme que personne n'avait enrayée, un peu comme si Bruno avait respiré le poil d'Oceano. Je n'ai jamais demandé d'où venait l'asthme de mon père : à l'époque, on ne cherchait pas la cause, je sais aujourd'hui que l'asthme peut être déclenché par la présence d'acariens, de cafards, de moisissure, ce qui devait être le cas dans sa geôle. C'était la saison du pollen aussi, il est mort en juin. On ne torturait pas dans les prisons de Salazar, c'est ce que j'avais entendu dire, on empêchait seulement les prisonniers de dormir, on les interrogeait sans répit. C'est cette version que je gardais pour moi, ne pas dormir, et pendant des nuits je me suis empêché de dormir. Personne ne le savait sauf Ahmed, qui comprenait.

Nous nous rendions après les cours au terrain militaire et l'envie nous prenait de nous joindre aux soldats qui rampaient dans les hautes herbes, qui se glissaient sous les barbelés. Les jeunes qui faisaient leur service n'étaient guère plus âgés que nous. Nous les observions depuis notre planque, cachés derrière la butte. Ils couraient, dans un sens puis dans l'autre, en tenue de camouflage, ils sautaient des obstacles, ils se jetaient au sol. Nous entendions les ordres que proféraient les gradés, nous entendions presque le souffle des garçons, qui expiraient bruyamment, poussaient parfois des gémissements, des plaintes, proféraient des jurons. Nous étions trop loin pour respirer la sueur qui perlait entre leurs épaules et sur leur nuque mais nous nous sentions tout proches. Nous aimions apercevoir leurs silhouettes, quand ils s'allongeaient avec un fusil, à l'appui sur un coude et l'œil dans le viseur, éloignés de plusieurs dizaines de mètres de la cible à atteindre. Nous ne les envijons pas, nous préférions notre liberté mais nous ne savions pas qu'en faire.

Les nuits où je ne dormais pas, j'ouvrais le velux et je m'installais sur le toit, j'étais le seul dans la cité à jouir de ce privilège, passer la nuit à la belle étoile, dans le plus grand secret. Le ciel était-il le même ici qu'au Portugal, les constellations étaient-elles visibles depuis la lucarne de la prison de Peniche où mon père avait été enfermé ? Luis et Lydia avaient parlé un soir de la célèbre forteresse et dit qu'Álvaro Cunhal, le chef du Parti communiste portugais, s'en était évadé avec panache en compagnie d'autres prisonniers politiques, avant de partir en exil. C'était en 1960, l'année de ma naissance, et bien avant que mon père soit arrêté. Je rêvais sur le toit, mais le plus souvent le ciel était couvert et, pris par le froid, je redescendais dans ma chambre. J'allumais alors le globe terrestre qui me servait de lampe de chevet, et je parcourais ainsi le monde, sur les traces de Vasco de Gama, qui me fascinait, je passais le cap de Bonne-Espérance et gagnais les Indes. Et cela me rassurait de voir à quel point la France et le Portugal étaient proches sur le globe, à peine quelques centimètres les séparaient, que nous franchirions sans doute bientôt.

J'espérais que Max serait appelé par son travail et qu'il rentrerait suffisamment tard pour que nous ne dînions pas en sa présence. Il semblait nous en vouloir, à ma mère et à moi, d'être traversés aussi fébrilement par la destinée du Portugal et par l'histoire. Notre allégresse ne semblait pas le concerner, il demeurait lointain et pour ainsi dire envieux. Je sentais que mon père devenait un rival, et que, soudain, avec la révolution triomphante, ce rival qui s'était changé en héros venait le concurrencer.

Max et ma mère avaient construit leur relation sur le manque du pays, qu'ils partageaient, et qui avait alimenté les conversations des premiers temps. Les allusions au Sud étaient permanentes, le climat qui permettait de vivre dehors, le soleil plombant, la végétation, la cuisine à l'huile d'olive, et la présence de la mer ou de l'océan. Ma mère et Max croyaient être faits du même bois, nés sous les mêmes latitudes, même si un pays océanique n'est pas un pays méditerranéen, ils en riaient au début, ils étaient complices, ils aimaient confronter leurs différences. Mais Max était maladroit et il n'était pas rare que, emporté par sa nostalgie, il fasse allusion à une recette que préparait son ex-femme, ou à des paysages qu'il avait sillonnés avec elle, ce qui empêchait ma mère de s'intéresser davantage à l'Algérie. C'était le pays où Max avait été plus heureux qu'avec elle, le paradis perdu. Et c'était la même chose pour ma mère. Leur rencontre s'était faite sur le regret de leurs mondes disparus. C'était leur seconde vie, comme on disait une seconde chance, mais avec une mémoire qui pesait lourd.

Quand ma mère demandait à Max où il se trouvait pendant la guerre d'Algérie, il restait dans le flou, il avait dit qu'il avait accompli quelques missions délicates, la peur au ventre, il n'avait pas choisi. Il préférait oublier. Il balayait la question et revenait à son activité sur les fils électriques, qui était son précieux paravent. Ma mère demandait ce que faisait son ex-femme pendant qu'il partait sur les chantiers. Il répondait qu'elle rejoignait sa famille, là-bas ça ne se faisait pas pour une femme de vivre seule, et puis la vie à Alger était devenue dangereuse, il y avait de plus en plus d'attentats. Quand la question arrivait, Max se levait, s'agitait, voulait s'échapper. Moi je ne savais rien, c'était Ahmed qui m'avait parlé de la guerre, j'avais simplement compris qu'ils n'étaient l'un et l'autre pas dans le même camp.

Bruno voulait de plus en plus souvent monter dans ma chambre, il réclamait ma présence, proposait que nous jouions. Il avait eu un train électrique pour Noël, mais Max ne voulait pas qu'il monte les rails dans le salon. Nous nous allongions sur le lino de ma chambre et nous construisions un circuit ovale avec une boucle, légère variante qui rompait la monotonie du parcours. Il n'y avait rien d'autre à faire que regarder passer la locomotive et les trois wagons mais cela suffisait à nous mobiliser pendant de longues minutes.

J'allais bientôt avoir quatorze ans et, en principe, je n'aurais pas dû me laisser griser par un jeu aussi lassant, d'autant que je cédais le plus souvent les manettes à Bruno, mais le bruit du moteur, le glissement sur les rails, les arrêts et démarrages successifs finissaient par me bercer. Je repensais au long voyage en train que j'avais fait avec ma mère, tout occupé à veiller sur Oceano, et au moment où nous avions longé la mer.

Bruno était assis près du boîtier de commande, et moi je finissais par m'allonger sur le dos. En entendant le sifflement du train, je regardais le ciel à travers le velux, j'oubliais que j'étais dans cette chambre, je voyais les nuages qui voyageaient devant le soleil, blancs et lourds. Puis il fallait interrompre le jeu, descendre pour manger, il fallait toujours que Max nous rappelle à la vie réelle. Bruno n'avait aucun mal à me quitter, il allait vers la voix de son père dans un élan que je lui enviais. Après c'était ma mère qui appelait, elle espérait que je m'exécuterais et que Max n'aurait rien à redire, mais je traînais, sans doute exprès, je retardais le moment de descendre, je résistais comme je pouvais à son autorité.

Je montais sur le lit, puis ouvrais le velux, je jetais un coup d'œil alentour pour respirer l'air du dehors. Rien n'arrivait jamais, c'était toujours le même silence traversé de bruits de pot d'échappement, une fenêtre bougeait et une femme apparaissait qui libérait la vapeur d'une cocotte-minute, un homme fumait une cigarette sur le balcon, un autre réparait sa Vespa sur le parking. Rien ne se passait mais j'étais attiré par l'extérieur. Puis j'apparaissais dans la cuisine, m'asseyais à table en face de Bruno qui espérait un regard complice. Il disait depuis peu que j'étais son frère, mais personne ne validait ses paroles, Max ne savait que faire d'une telle déclaration. Je n'étais sans doute pas le frère dont il aurait rêvé pour son fils.

Ma mère répétait qu'elle aimerait aller au Portugal, que c'était le moment, que la frontière s'ouvrait. Luis et Lydia voulaient faire le voyage pendant l'été, l'excitation montait. Les images redevenaient vivantes, Lisbonne s'animait à nouveau, les rues étroites sous nos fenêtres, la place au cactus, le long chemin jusqu'à l'océan, l'impression que ça n'en finissait pas quand nous voulions aller nous baigner. La chaleur dans l'appartement, les persiennes fermées, la fraîcheur de la faïence sous la plante des pieds. Ma mère lui rappelait qu'il avait acheté une voiture à boîte automatique pour faire le voyage. Mais Max ne voyait pas comment nous pourrions entreprendre ce périple, la mère de Bruno ne voudrait jamais que nous l'emmenions si loin. Il ne pouvait pas prendre le risque de déclencher un nouveau conflit. Max n'agissait que par elle, vivait dans la crainte mais ne l'avouait pas. Il répondait qu'il aimerait nous conduire au Portugal mais que c'était trop tôt, ne voudrions-nous pas attendre l'année prochaine.

Luis et Lydia ont décidé d'acheter une voiture et de nous emmener, ma mère et moi. Nous reprenions espoir, mais ma mère ne voulait pas contrarier Max. Avec tout ce qu'elle lui devait, elle ne pouvait aller contre son gré. Ma mère a fini par conclure qu'elle préférait attendre un peu, mais elle proposa que je fasse le voyage, si moi je le voulais. Je ne savais pas si je le voulais. Devais-je aller au Portugal sans ma mère ? Il me fallait décider seul. Il y avait mon père d'un côté et ma mère de l'autre. Je ne savais comment choisir.

J'y ai pensé toutes les nuits qui ont suivi. J'étais debout sur mon lit, je respirais l'air du dehors, l'été arrivait et sa douceur me faisait du bien. J'entendais chanter les premiers grillons, ils avaient dû trouver refuge dans la pelouse râpée. Malgré cela ils chantaient, j'aurais sans doute préféré à ce moment être un grillon, n'avoir d'autre dessein que de frotter mes ailes et produire un son qui brise le silence de la nuit. Mais je devais choisir entre partir et rester, et je ne savais pas faire.

J'allais à l'escalade tous les samedis, puis bientôt deux fois par semaine, je ne ratais aucun entraînement. Ahmed s'en plaignait, il aurait aimé passer plus de temps avec moi. L'attirance que j'avais pour lui me troublait. Alors je m'éloignais, je m'adonnais pleinement à l'activité physique que me procurait l'escalade. Nous étions un groupe de neuf garçons et il y avait peu de paroles entre nous. Seulement des étirements, des flexions, des respirations que nous pratiquions à l'échauffement, des courses, des torsions. Notre entraîneur, Tony, nous enseignait la concentration et l'équilibre. Il nous faisait prendre conscience de notre corps, de chacun de nos muscles, et de notre centre de gravité. Il nous parlait de la paroi que nous aurions à escalader, il disait que cette paroi était une partie de nous, qu'il fallait l'intégrer, l'imaginer comme si elle était la terre sous nos pieds. Il nous faisait éprouver le vertical, la sensation de la hauteur et du ciel qui nous tirait. Mais, sous le toit du gymnase, nous n'avions pas accès au ciel.

Tony était petit avec un buste étroit et des membres fins et longs. Quand il grimpait on aurait dit une araignée, et c'est ce qu'il attendait de nous, qu'avec le temps nous nous changions en arachnides, ou en pieuvres : que nous soyons pourvus de tentacules qui adhèrent à la paroi. Mais nous n'en étions pas là, nous étions tous des débutants et il nous fallait d'abord apprendre à calmer notre fougue, retenir nos élans. C'est ce que nous enseignait Tony, vider notre tête, travailler au sol les assouplissements, déployer notre torse et apprendre à faire confiance à nos bras. Il nous prodiguait des conseils, parlait parfois très fort, et j'entendais dans sa voix le même accent que dans celle de Max, il venait de *là-bas* lui aussi. Quand je rentrais de l'entraînement, je me sentais léger et agile, j'aurais pu m'accrocher aux branches et j'avais pris l'habitude, quand j'arrivais à la maison, de sauter par-dessus le portail comme si je volais dans les airs.

Ahmed était jaloux des garçons que je fréquentais, je le sentais amer. Il n'a jamais parlé de s'inscrire au club, j'imagine que ses parents n'avaient pas assez d'argent. Il me disait que je pourrais bientôt grimper aux immeubles et atteindre les balcons. Là, oui, cela servirait à quelque chose. Il me mettait au défi d'atteindre sa fenêtre au deuxième étage, il voulait voir si j'avais ce cran-là. Je ne savais jamais s'il blaguait. Ahmed me dominait, il faisait de moi ce qu'il voulait. Je répondais à chacun de ses rendez-vous, je retardais le moment de rentrer aussi longtemps qu'il me retenait, j'aimais l'avoir à mes côtés même si nous parlions peu, nous n'avions pas besoin de conversations, il nous suffisait d'être ensemble, assis derrière notre butte au terrain militaire ou allongés sur le lit de sa chambre quand son frère n'était pas là, pour que je me sente vivant.

Ma mère m'encourageait à me rendre au Portugal, ainsi que Luis et Lydia qui, je l'apprendrais bientôt, avaient joué un rôle politique important depuis leur exil. Personne n'imaginait que j'avais peur, peur de revoir Lisbonne et de lever les yeux vers les fenêtres de notre appartement, peur d'entrer dans l'*Estufa fria*, la serre où ma mère m'emmenait les jours d'hiver, peur surtout de marcher le long du port et d'entendre la sirène des bateaux. L'exil était confortable, il me tenait à distance et évitait que je sois pleinement le fils de mon père. J'avais changé de langue à temps, avant que je ploie sous un passé trop encombrant et que ma vie se transforme en un devoir de mémoire.

Il a fallu que nous fassions établir des papiers, il n'était pas plus simple de rentrer au pays que de le quitter, c'est ce que Max avait fait remarquer. Il avait ajouté que si lui voulait retourner en Algérie on lui demanderait un visa, il faudrait qu'il paie, il faudrait qu'il entreprenne des démarches et explique les raisons de son séjour, alors que, lors du départ en 1962, il était monté sur le bateau avec sa femme sans autre formalité que la présentation d'un papier d'identité au moment d'embarquer, et la traversée avait été gratuite, la plus longue croisière de son existence, offerte par la maison France. C'était la fin du mois d'août, il n'avait pas eu le temps de trouver acquéreur pour sa voiture ni ses meubles, et il s'était embarqué habillé comme tous les jours, en short et chemisette, avec aux pieds des sandales flambant neuves. Sa femme portait une petite robe décolletée, cela il n'avait nul besoin de le préciser, mais il avait tenu à ce que nous ayons un tableau précis de la situation. Et puis, quand ils étaient arrivés à destination, à Lyon via Marseille, à la descente du train, il faisait quatorze degrés. C'était le comité d'accueil, avait-il plaisanté, quatorze degrés et pas un blouson à se mettre, une petite pluie fine et vicieuse qui masquait le ciel et s'insinuait dans le cou.

Il avait commis une folie puisque, quand il était monté à bord, à part sa valise contenant du linge, des photos et des papiers, il portait sur lui une arme, qui avait appartenu à son père mort depuis peu, et qui, là-bas, veillait sur la sécurité du quartier. C'était un pistolet automatique 7,65 qu'il ne pouvait laisser dans l'appartement qu'il abandonnait à l'ennemi. Il avait donc franchi le contrôle avant de monter sur la passerelle du paquebot, avec l'arme dissimulée dans le short, le cœur battant, mais avec l'aplomb de celui qui se vit en victime, croyant en cet instant qu'il n'avait plus rien à perdre, et prêt sans doute à assumer une dernière provocation. Sa femme ne savait rien de l'arme sur l'aine de son mari, ce qui semble étrange, et aucune fouille au corps ne l'avait empêché de naviguer avec un pistolet, et des munitions dissimulées dans les affaires de toilette. Max tenait à apporter ce détail, comme pour donner la preuve de son insoumission, et encore une fois de sa virilité. Il s'était exécuté, avait quitté son pays, mais il emmenait avec lui l'arme qui était le symbole de la conquête de l'Algérie par ses ancêtres, une centaine d'années plus tôt, conquête qui s'était accomplie officiellement en douceur mais dont Max laissait entendre qu'elle avait été le théâtre de situations meurtrières, un peu comme au far west.

Cette phrase m'avait saisi, nous étions attablés sur la terrasse près du figuier déjà vigoureux qui nous préservait des regards venant du bâtiment d'en face, et j'avais vu aussitôt des images apparaître. Les terres à perte de vue, vierges et arides, les canyons creusés par des fleuves asséchés depuis, des orangers et des oliviers sauvages, des bêtes qui cherchent l'ombre et l'eau, gardées par des enfants dépenaillés, et des brigands qui terrorisent les villageois. Je me remémorais les scènes des westerns que j'avais vus à la télévision, qui illustraient la conquête de l'Ouest alors qu'aucun film ne m'avait jamais parlé de celle de l'Algérie, ni de celle du Mozambique ou de l'Angola. Mais l'arme que Max venait d'évoquer me disait que ce qu'il appelait le far west cachait sans doute autre chose qu'un troupeau de chèvres en quête d'arbousiers ou quelques bergers matés par des conquérants.

Ma mère écoutait avec attention, sans doute impressionnée par l'ampleur que prenait le récit. Moi j'avais voulu savoir où était l'arme. Est-ce que je pourrais la voir. Ce n'était que de la curiosité, et, pour tout dire, une simple excitation qui était montée à mesure que Max avait déroulé son histoire. Mais Max avait mal pris la question. Il avait pensé que je ne le croyais pas. Il avait dit qu'il ne pouvait pas répondre, il venait de nous livrer un secret, Bruno n'était pas au courant. Il comptait sur moi pour me taire. Puis il s'était levé et était parti chercher quelque chose dans la cuisine, à son retour sur la terrasse, il avait changé de sujet et nous avions poursuivi le repas comme si de rien n'était.

Ahmed m'en a voulu que je le laisse seul une partie de l'été. Pour se venger, il me disait qu'il irait à la piscine prendre le soleil. Nous en avions parlé souvent sans l'avoir fait. Il me menaçait de sortir avec son frère, et je savais ce que cela voulait dire. Son frère faisait partie d'une bande qui descendait en ville le samedi soir et pratiquait un sport risqué, entrer dans les discothèques sans se faire refouler, ce qui, à cette époque, était presque impossible. C'était un genre spécial de provocation : tenir tête à des videurs musclés, les asticoter jusqu'à ce que l'un d'entre eux perde son sang-froid et, chauffé par les paroles et les regards abrasifs, commette une faute, un écart prometteur, puis, encouragé par les clients pressés de pénétrer dans la boîte, se laisse aller à débiter une ou deux phrases insultantes, et appelle à la rescousse les videurs plantés à l'intérieur pour que l'altercation vire au passage à tabac, et qu'une leçon soit une nouvelle fois donnée à ces immigrés provocateurs. On avait tous entendu parler de cette soirée sur une péniche qui avait mal tourné et où un jeune Algérien avait été jeté dans la Saône par le service d'ordre. Le garçon ne s'était pas noyé mais ce qui restait c'était l'intention, le choc que provoquait l'image. Ahmed me disait que, pendant mon absence, il ferait des bêtises, toutes sortes de bêtises. Il avait allumé une cigarette, fumé une taffe ou deux, puis l'avait écrasée, encore incandescente, sur son avant-bras en me regardant dans les yeux. C'était sa façon de me torturer.

TROISIÈME PARTIE

J'ai sans doute été soulagé quand, un matin, au lever du soleil, Luis et Lydia sont venus me chercher avec une voiture qu'ils avaient achetée d'occasion. Max m'a dit au revoir en me tapant affectueusement sur l'omoplate, ce qui m'a surpris, et finalement agacé. Ma mère essayait de ne pas céder à l'émotion mais j'imagine combien ce moment devait être pénible. J'ai cru qu'elle allait d'un coup choisir de partir malgré tout. Je l'ai espéré, et je sais que nous y avons tous pensé. Mais elle n'a rien changé à ce qui avait été décidé, elle n'a pas commis l'acte fou que nous attendions. Elle m'a confié des provisions à remettre à sa sœur qui devait nous recevoir pendant une partie de l'été. Elle donnait tout ce qu'elle pouvait puisque l'essentiel, c'est-à-dire elle-même, ne serait pas là. Nous avions de la place dans le coffre de la voiture et sur la banquette arrière. Luis et Lydia ont bu un café mais n'avaient pas le cœur à s'attarder. Ils n'ont rien dit de spécial à Max. Mais quand nous avons démarré puis quitté le quartier, Lydia n'a pu retenir ses larmes, et la voir pleurer m'a secoué, comme si son chagrin autorisait le mien. Soudain, je prenais la mesure de ce que nous entreprenions, et au moment où je laissais ma mère derrière moi pour la première fois, j'ai ressenti un vide, en même temps qu'une force nouvelle me gagnait.

La route était longue et monotone, nous roulions dans la vallée du Rhône et étions souvent ralentis par les caravanes. Les Français partaient en vacances, ils rêvaient du Sud eux aussi, et entreprenaient une grande traversée jusqu'à la mer. C'était une obsession, voir enfin la mer, destination qui marquait le point final de tout voyage. Aller au bout, et, une fois devant la mer, chacun voulait aller encore plus loin, à la pointe du cap, au bout de la jetée. Nous étions sans doute les seuls sur la nationale à ne pas rejoindre un camping ou une pension de famille, et le décalage était tel que nous nous sentions coupés du monde, nous étions de drôles d'animaux qui n'avaient pas encore fait l'expérience de l'insouciance et de la démocratie. Nous ne savions ce que nous préférions, partager le destin des Français qui charriaient dans leurs remorques des tentes et des bateaux gonflables, des chaises pliantes et des parasols, ou rentrer au Portugal où rien n'existait encore de la ruée vers les stations balnéaires, le pays avait d'autres préoccupations. Je repensais à la distance qui séparait la France et le Portugal, telle que je l'avais évaluée sur le globe terrestre, et je visualisais la voiture joignant ces deux points, une miniature qui progressait à la surface de la terre, direction sud-sud-ouest, oubliée de tous, mais qui tendait obstinément vers son but.

Nous ne parlions plus français depuis que nous avions quitté la maison, le portugais était revenu naturellement, mais nous échangions peu. La tristesse de laisser ma mère s'était changée en excitation puis bientôt en recueillement. Nous avons longé des champs de blé et de tournesols, nous avons franchi le Rhône sur un pont dont l'architecture rappelait le pont près de Lisbonne que nous empruntions pour aller chez ma tante. Nous sommes passés près d'un château dont le drapeau planté en haut d'une tour flottait dans le mistral, et je pensais à la forteresse dans laquelle avait été enfermé mon père. La voiture a bougé à cause du vent qui nous déportait au moment de franchir le fleuve, Luis s'était laissé surprendre et gardait les mains arrimées sur le volant. Il a annoncé que nous ferions bientôt une pause, son dos et sa nuque étaient douloureux.

Nous avons fait le plein puis arrêté la voiture sur un parking où stationnait une camionnette qui vendait des frites. Lydia a proposé de m'acheter une glace, c'était une de ces glaces qu'on appelait *à l'italienne* et qui montait en une spirale de couleur sur au moins dix centimètres. J'ai mangé la glace aussi lentement que j'ai pu pour garder longtemps le goût de vanille et la fraîcheur dans la bouche. Les cigales chantaient comme cette fois où nous avions fait une halte sur la route des vacances avec Max et Bruno. Ce n'était plus la même destination, nous avions déjà mis le cap vers l'ouest, et Luis annonça que la chaîne des Pyrénées apparaîtrait bientôt, avec des neiges éternelles sur les sommets.

Lydia s'est endormie, plus personne ne parlait. Il y avait la radio, mais nous ne captions rien qui retenait notre attention. Certains flashs d'info donnaient la température de l'eau et le nombre de kilomètres de bouchons à l'approche des plages, puis les ondes se brouillaient, et ne nous parvenaient que des bribes de phrases, des bouts de commentaires, il était question de l'affaire du Watergate, on entendait le nom de Nixon puis le journaliste revenait sur la fin de la dictature des colonels en Grèce, Luis augmentait le son, puis râlait quand la radio devenait inaudible. Quelques minutes plus tard, c'était « Sugar Baby Love », la chanson qui marquerait cet été-là, et je me surpris à fredonner, puis sur une autre station, nous avons entendu « Vanina » et la voix de Dave dont Luis disait que c'était une pédale. Lydia qui ne dormait plus a soupiré, je la sentais gênée, et la voiture poursuivait sa route dans le grésillement de la radio, que Luis a fini par éteindre à l'approche de la frontière espagnole.

J'ai reconnu le paysage méditerranéen, les plantes grasses qui prospéraient et dont la silhouette épineuse se découpait sur le bleu du ciel. C'était sur ce fond de végétation magistrale mais hostile que ma mère avait mis la main sur ma cuisse, six ans plus tôt, avant de prononcer la phrase définitive. C'était là, de ce côté de la frontière et à quelques mètres d'un petit port de pêche, que j'avais appris, que j'avais compris que ce voyage en train m'arracherait au Portugal mais aussi à l'enfance. Je n'ai rien dit, j'ai laissé la voiture filer toujours plus loin vers le sud, puis encore vers l'ouest, ça ne servait à rien de souligner ce que Luis et Lydia avaient su avant moi. C'était là, dans le compartiment d'un train roulant à vive allure, avec les rideaux qui bougeaient devant la fenêtre ouverte, ma frontière à moi était là.

Nous avons roulé encore longtemps, le soleil commençait à disparaître derrière des collines ocre, Luis l'avait dans les yeux, aveuglant. Nous avons franchi un col, puis traversé une forêt qui avait brûlé, tout était calciné de part et d'autre de la route, le sol fumait encore par endroits, nous n'avons aperçu aucun être humain. Nous nous sommes arrêtés près d'une ferme en apparence déserte, avec un âne attaché sur le seuil. Une femme est sortie quand elle a entendu le moteur. Elle avait des cheveux très longs et blancs, et des cernes effrayants sous les yeux. La vieille femme a manœuvré la poulie au-dessus du puits et nous a donné de l'eau. Elle nous a expliqué que son mari était avec des paysans plus bas, ils avaient combattu le feu une partie de la nuit. Nous avons roulé encore longtemps, dans le crépuscule qui s'était changé en nuit, et je luttais contre le sommeil.

L'arrivée au Portugal était différente de ce que j'avais imaginé, j'étais épuisé et la nuit empêchait de voir. Nous avons passé la frontière dans un silence plein d'espoir, nous avons dû sortir de la voiture et attendre – sous des néons qui se balançaient et contre lesquels venaient se griller de gros insectes – qu'un douanier vérifie nos identités. Il téléphonait devant nous, et je comprenais qu'il attendait un appel en retour, qui ferait office de laissez-passer.

J'avais imaginé que notre présence serait fêtée ou tout au moins que les douaniers nous salueraient avec chaleur, mais rien de tout cela n'est arrivé, les hommes avaient l'air plus abattus que joyeux, si bien que notre ardeur a commencé à fléchir. J'avais cru que notre retour serait un événement, et je pensais que les hommes, armés et graves, seraient impressionnés de voir que nous avions parcouru plus de mille kilomètres pour rentrer au pays. Ce qui était une prouesse pour moi ne représentait rien de particulier pour les Portugais qui gardaient le poste frontière. Ils semblaient être dans une routine ennuyeuse, j'avais surtout l'impression que nous les dérangions.

Après les formalités remplies, des échanges de paroles tout de même, nous sommes remontés dans la voiture et Luis a repris le volant. Lydia voulait qu'il se repose sur son siège avant de repartir, mais Luis insistait pour poursuivre, il pouvait parcourir les quatre cents kilomètres restants. Je scrutais le paysage derrière la vitre et n'apercevais que des ombres, des masses plus ou moins sombres, quelques lumières, parfois, le long d'une route, et ma déception était de plus en plus grande. Je me heurtais à l'obscurité, je voulais voir et je ne voyais rien, tout m'échappait du pays dont j'avais rêvé, les maisons, la végétation, les hommes, les vallées, les arbres fruitiers, les rivières, les ponts, les girouettes, moi qui étais prêt à lutter contre le sommeil pour ne rien perdre de l'arrivée au pays. Je n'avais pas prévu que la nuit allait tout engloutir, je ne pourrais pas raconter à ma mère. C'était un moment raté. Je me rendais compte que je n'étais pas comme Luis, je n'attendais pas la même chose du voyage. Lydia parlait de ses parents, qu'elle avait hâte de retrouver, et qui habitaient plus au sud. Je me sentais seul, j'ai cessé de regarder par la vitre. Je me suis étendu sur la banquette de skaï et j'ai fini par m'endormir.

La voiture venait de s'arrêter dans la cour, chez ma cousine Linda. Un chien aboyait. Le jour commençait à se lever. C'est mon oncle qui est venu à notre rencontre. Il était désormais plus petit que moi et vieilli, avec une barbe très noire et répandue presque sur la totalité du visage. Il fumait une cigarette roulée qu'il n'a pas retirée de sa bouche quand il m'a embrassé. Il a tenu Luis longtemps dans ses bras sans échanger un mot. Ma tante et ma cousine dormaient encore et les retrouvailles, que je redoutais à cause de leur charge d'émotion, n'ont pas eu lieu. Nous avons porté nos sacs dans la grande pièce du bas, là même où nous avions dormi la nuit de la tempête. J'ai été saisi d'un malaise, que je sentais monter depuis que Luis avait arrêté le moteur. J'étais là, sur les lieux qui se révélaient au fur et à mesure que le jour se levait, et ce qui m'apparaissait, le puits et sa margelle autrefois interdite aux enfants, les clapiers près de la cabane, les rosiers le long du mur de pierre, étaient à l'identique, et juste derrière, les serres où mon oncle et ma tante cultivaient les œillets.

Rien ne bougeait, pas un souffle d'air, la lumière entrait par les fenêtres étroites, et je me voyais être là, je me dédoublais, je ne parvenais pas à éprouver quoi que ce soit, j'étais comme un visiteur indifférent. Mon oncle nous a servi du café, il a coupé du pain, et la conversation s'est amorcée, dans un flot de paroles portugaises de plus en plus rapides. Il s'est finalement adressé à moi et a dit que j'avais changé depuis tout ce temps. Presque un homme, il a insisté, puis il a hoché la tête en me regardant, il a dit que ça faisait plaisir de voir qu'Olivio ressemblait à son père. Il prononçait mon prénom en traînant sur la deuxième syllabe, alors qu'en France mes copains m'appelaient Olive, à part Ahmed qui préférait Livio. Je devenais le fils de mon père autour de cette table, ma place était désignée d'emblée. C'est ce qu'a laissé entendre ma tante quand elle nous a rejoints. Et je comprenais que je n'avais pas le choix. Ce serait ici ma seule identité. Luis et Lydia sont montés dormir. Linda est apparue, c'était une matinée mouvementée. Nous avons pris du café et encore du café. Ma tante a proposé que j'appelle ma mère, un moment que je redoutais.

C'est Max qui a décroché, il a demandé si la voiture avait tenu le coup jusqu'au Portugal. Alors j'ai parlé français. Ma mère était près de lui et attendait. Nous nous sommes rassurés mutuellement, nous avons dit ce que l'autre voulait entendre, elle m'a parlé d'Oceano dont elle s'occupait en mon absence, et je n'ai rien décelé de particulier dans sa voix qu'elle essayait de rendre enjouée. De l'enthousiasme de part et d'autre, le désir de nous mentir gentiment. Nous avons dialogué un moment, puis elle a voulu parler à sa sœur. Linda et ses parents ont été épatés par mon français, ils me découvraient sous un jour nouveau. J'étais un adolescent, ma voix était en train de muer, ce qui ne donnait pas encore une idée de l'homme que je serais, mais je sentais que quelque chose les intriguait. Ils m'avaient connu enfant et m'avaient vu pourtant à chaque vacances, mais il y avait désormais un monde entre nous. Ce qui devait les intimider, c'était sûrement cette langue que je parlais, qui me rendait inaccessible, et l'orphelin que j'étais devenu, rempli de silence et d'un chagrin invisible.

Le premier jour s'est passé comme si rien n'était réel. J'ai accepté toutes les propositions de ma cousine. J'ai installé mes affaires dans une chambre au premier étage. Je l'ai accompagnée sous les serres où nous avons arrosé les fleurs plantées, à l'aide d'un tuyau branché sur une citerne, bien plus efficace que l'ancienne installation sur le puits. Nous avons ramassé des courgettes et des aubergines dans le jardin, et rapporté des pommes de terre stockées dans la remise. J'avais sommeil, la chaleur m'épuisait mais je n'osais pas demander si je pouvais aller m'allonger. Je n'étais pas tout à fait présent, si distant et lointain, cela m'inquiétait. Personne ne parlait de la révolution. On pouvait imaginer que rien ne s'était passé. Je n'avais rien vu, rien discerné qui aurait pu me confirmer que le pays était en liesse.

J'espérais que la soirée serait vive et animée, une soirée épique et historique à la hauteur des événements. J'avais envie d'un été qui s'inscrirait dans ma mémoire. Mais, une fois que nous avons tous été rassemblés autour de la table et que les verres de vin ont été servis, mon oncle a voulu savoir pourquoi ma mère n'était pas là. Il revenait en arrière, il remettait sur le tapis une question que je croyais résolue. Ce n'était pas à moi de répondre, et la question ainsi posée me fit douter. Qu'avait raconté ma mère pour se dispenser du voyage ? Qu'avait-elle inventé ? Mon oncle a voulu savoir qui était Max, je comprenais que ce que ma mère prenait pour notre sauveur n'était pas perçu de la même façon dans la famille.

Luis buvait et a amené mon oncle sur un autre sujet. Lydia parlait avec ma tante, qui se levait, se rasseyait, se levait encore. Les mots formaient à présent une nappe uniforme et nous pouvions nous faire oublier, ma mère et moi. Mon oncle bougeait le torse et n'a bientôt plus tenu en place, le petit homme s'agitait, le récit de la révolution avait enfin lieu, ou plutôt quelques-uns des faits étaient commentés, répétés, analysés, et je sentais comme mon oncle était fier d'avoir été aux premières loges, face à Luis qui ne serait jamais à égalité à cause de l'éloignement, ce dont il souffrirait toute sa vie. Même s'il avait servi la révolution à distance, il n'avait pas entendu « Grândola, Vila Morena », la fameuse chanson de Zeca Afonso enfin diffusée à la radio après des années de censure, et qui avait annoncé le début du renversement. C'est ce que disait mon oncle, que seize heures seulement plus tard c'était gagné. Luis ne s'était pas mêlé à la foule, il n'avait pas risqué sa vie. Si, après coup, on avait pu se glorifier d'avoir mené une révolution presque sans victimes, au moment où la police avait tiré, le peuple dans la rue avait frémi d'une même peur panique. La vie est compliquée pour les absents, ils restent dans le regret de ce qui n'a pas été vécu. Luis et Lydia avaient raté la révolution, et ma mère ratait le moment où on en faisait le récit. Il ne me resterait qu'une chose à faire, raconter, mais, à force de raconter les uns à la suite des autres, la réalité se déformait.

Personne ne parlait d'aller voir la tombe de mon père. Luis ne se préoccupait plus de moi. Il faisait corps désormais avec mon oncle, il partait avec lui le matin pour livrer les fleurs au marché, peut-être rattrapait-il le temps perdu. Seule Lydia ne s'était pas éloignée, toujours prête à organiser le quotidien. C'est elle qui proposa que nous allions enfin faire des courses à Lisbonne. Nous avons marché sur un chemin, puis à travers champs pour rejoindre la route et prendre l'autocar qui conduisait à la capitale. Linda avançait devant moi, massive et déterminée, ses fesses bougeaient sous sa robe et captaient mon regard. Ce qui montait en moi était pénible, je n'avais pas envie d'être confronté à cet appel-là. Elle s'est assise en face de moi dans l'autocar et son innocence me semblait fausse. Depuis que j'étais arrivé, je l'avais sentie peu naturelle et prétendument légère. Arroser les fleurs avec elle dans la serre avait été une épreuve que j'avais attribuée au manque de sommeil, qui m'obsédait le premier jour. Mais, après plusieurs nuits reposantes, j'étais toujours aussi gêné par la personne qu'elle était devenue après ces six années, molle et massive. Je ne retrouvais pas la complicité que nous partagions quand nous étions enfants. J'avais du mal à la supporter assise en face de moi et, pour échapper à sa présence, je regardais par la fenêtre la campagne portugaise, et je ne ressentais rien. La clarté était trop forte, j'étais ébloui, écrasé par tant de lumière, tout étincelait, les toitures des maisons qui devenaient argentées sous le soleil, la tôle des véhicules qui renvoyait des reflets aveuglants, jusqu'à la terre même dont le grain n'était que poussière de sable clair, puis bientôt le fleuve est apparu au loin, un ruban miroitant, puissant et tranquille, vers lequel nous nous inclinions doucement.

Nous sommes descendus près d'une grande place presque déserte où stationnaient les autocars, et au-dessus de laquelle des mouettes criaient, nous avons longé des arcades et échappé au soleil écrasant, nous sommes entrés dans un café qui ressemblait à une cuisine et nous avons commandé une limonade glacée. Ma cousine faisait du bruit en buvant, de la sueur perlait sur son front. Elle ne semblait pas en savoir plus que moi sur la révolution, son insouciance m'agaçait, elle avait un an de plus que moi, et je ne lisais rien sur son visage qui aurait pu me séduire, me dire qu'elle abritait un mystère, comme si le temps et les événements glissaient sur elle sans la traverser. J'avais tenté de l'interroger les jours précédents, j'avais essayé de lui faire dire quel rôle avait joué son père et quel lien il entretenait avec Luis, mais elle s'était contentée de répondre qu'elle ne s'intéressait pas à la politique, son père préférait que les femmes se tiennent à l'écart. Elle m'avait tout de même confié une parole prononcée par mon oncle, directe et brutale, ma mère aurait dû rester veuve, il ne supportait pas qu'elle ait voulu refaire sa vie.

Linda finissait son verre et je regardais la femme derrière le comptoir, vêtue de noir, et je me disais qu'elle était peut-être une veuve comme ma mère. Je l'observais qui marchait à petits pas, servait, desservait, et dissimulait derrière la peau épaisse de son visage une vie, un parcours plus ou moins accidenté, mais je ne lisais pas sur ses traits les bienfaits de la révolution. Je ne comprenais pas que la grande nouvelle qui nous avait fait parcourir tous ces kilomètres n'ait pas opéré plus manifestement sur les Portugais. Ce que je percevais comme la source d'une joie absolue n'était pas visible au premier coup d'œil, la ville me semblait blottie dans sa tristesse alors que j'avais imaginé les rues remplies de monde, qui défilait en un gigantesque carnaval, chantant et sifflant, avec, dans le ciel, des feux d'artifice aussi éclatants que celui tiré en France pour le 14 Juillet. Je comprenais que la révolution était plus dans les esprits que dans les rues, et que je n'étais qu'un étranger incapable de l'éprouver.

Nous avons marché de boutique en boutique, nous avons tout de même rencontré des personnes bavardes et exubérantes, une marchande de journaux portant une couronne d'œillets rouge vif, signe enfin palpable de l'histoire en marche dans le pays, puis une cartomancienne qui a voulu tirer les cartes à Lydia, et dont l'œil crevé m'a soulevé le cœur. Nous avons poursuivi en demandant à Lydia de quoi serait fait l'avenir. Et Lydia nous a dit qu'il serait beau, très beau, que le meilleur était à venir.

Je pensais de moins en moins à ma mère, mais Ahmed me manquait. Sa silhouette venait me hanter, la première fois qu'il est apparu, c'est à Lisbonne, alors que je tentais d'apercevoir l'océan. Tout le monde parlait de la façade océanique, l'estuaire du Tage, le port, les cargos qui avaient donné du travail à mon père, tout le monde faisait allusion à l'océan, mais jamais on ne le voyait. Et, à force d'y penser, le cerveau produisait d'autres images, c'est comme cela qu'Ahmed a surgi, son torse étroit et mat, sa ceinture abdominale, le noir de ses yeux, les sourcils menaçants. Il descendait les escaliers qui conduisaient à la ville basse, sa chemise était entrouverte, il volait plus qu'il ne marchait, puissant et léger à la fois. Il apparaissait parfois le soir quand je tentais de trouver le sommeil, puis les jours de grande chaleur sur le chemin qui passait devant la ferme. C'était comme une hallucination, sa présence se mêlait aux ondulations de l'air tiède qui s'élevait au-dessus des pierres chauffées à blanc. J'aurais voulu qu'Ahmed sache d'où je venais, qu'il foule avec moi le sol de ce pays et m'aide à en déchiffrer le secret.

Tout m'échappait de ce lieu qui m'avait vu grandir, on m'avait sans doute caché trop de choses, si bien que la peur me prenait quand je marchais simplement sur le trottoir et que je levais la tête vers les fenêtres aux persiennes fermées. Tout se passait à l'intérieur, et moi j'errais dehors, à essayer de ressentir, de reconnaître ce qui m'était familier, mais tout demeurait hors de portée. C'est une personne comme Ahmed dont je rêvais, déterminée, rusée, inventive. Sa curiosité m'aurait été d'un grand secours. Au lieu de quoi je traînais avec moi Linda, une fille alanguie qui n'avait d'avis sur rien et pour qui tout était égal. Alors qu'Ahmed aurait posé son œil moqueur sur les gens, il aurait asséné son jugement cruel et définitif, il aurait voulu me mettre à sa botte, et j'aurais aimé avoir l'occasion de me battre pour lui résister.

Luis et Lydia sont partis au bout d'une semaine pour aller dans la famille de Lydia. Personne ne me parlait plus de visiter Peniche, la forteresse où mon père avait été enfermé. Je n'osais pas réclamer qu'on me conduise en un lieu aussi funeste. Pour tout dire, j'espérais y échapper. Ce voyage qui ressemblait à des vacances à la ferme, émaillées de quelques excursions, m'exposait à un risque périlleux, celui de me perdre et d'oublier les raisons de ma présence. Je n'étais pas libre d'aller à ma guise, et trop loin de Lisbonne pour y déambuler seul et prendre le pouls de la ville. À distance, je ne pouvais rien éprouver, rien comprendre, je n'avais pas l'occasion de parler avec les gens. Je n'avais affaire qu'à mon oncle, qui partait tôt le matin et ne cherchait pas le contact, et à ma tante, qui travaillait toute la journée à la culture des fleurs.

Depuis que j'avais entendu cette phrase à propos du veuvage de ma mère, je n'osais plus commenter notre vie en France, je me dispensais de raconter, et, du coup, je devenais silencieux. Rien dans la campagne portugaise ne ressemblait à ce que j'avais sous les yeux au quotidien, des immeubles de quatorze étages, des parkings avec des véhicules cabossés, le terrain militaire, et le confort dont nous disposions chez Max aurait pu rendre mon oncle jaloux, la baignoire, les miroirs de la salle de bains, le chauffage central, et ma chambre sous les combles avec le velux. Je percevais la pauvreté dans laquelle vivait la famille de Linda, l'eau et l'électricité qu'il fallait économiser, les toilettes dans la cour, le bac pour se laver et les carreaux cassés aux fenêtres à l'arrière de la maison, sur lesquels mon oncle avait scotché un carton pour que la terre soulevée par le vent ne pénètre pas dans la pièce.

Le vent soufflait presque tous les jours et empêchait que nous ayons une vie à l'extérieur. Nous prenions nos repas dans la pièce commune, sombre mais fraîche, c'était le contraire de la vie en France avec Max, qui attendait le moindre rayon de soleil pour sortir sur la terrasse et faire griller des sardines sur le barbecue. Ici nous restions confinés dans la pénombre, comme si vivre au grand jour était dangereux. Était-ce une des conséquences de la dictature, d'avoir poussé les gens à se cacher, ou n'était-ce que le vent qui rendait fou quand il soufflait en rafales, droit venu de l'océan.

Ma tante se levait tôt chaque jour pour soigner les œillets dans les serres derrière la maison. Nous la rejoignions, Linda et moi, quand le soleil était déjà haut, vers huit ou neuf heures, nous n'osions pas dormir plus longtemps. Quand je descendais, Linda était le plus souvent déjà assise sur le banc devant son bol, les yeux encore gonflés de sommeil et les cheveux défaits. Elle portait une longue chemise de nuit sous laquelle je sentais la présence intimidante de ses seins déjà volumineux. Je m'asseyais en face d'elle et je ne voyais, au-dessus de la table de bois, que la rondeur ferme qui tendait le tissu, même si, le plus souvent, elle jetait sur ses épaules une sorte de châle noir censé étouffer tout débordement de sensualité. Elle ne m'attirait pas, mais me troublait à cause de l'angle cabossé de son nez et du poil noir et fourni qui reliait ses deux sourcils. On retrouvait ce poil plus léger au-dessus de sa bouche, et cette ombre qui fluctuait avec la lumière m'intriguait, faisant de Linda tantôt une enfant, tantôt une femme, tantôt un homme. Quand elle se levait dans sa chemise pour laver son bol au mince filet d'eau froide qui coulait dans l'évier, me rebutaient ses jambes robustes mal dessinées, et ses larges pieds nus accrochés à la dalle de pierre. J'étais son contraire, menu et léger, un tas d'os bizarrement assemblés, saillant de toutes parts en parfaite anarchie.

Une fois que nous avions fait une toilette rapide, chacun à notre tour derrière le paravent de la cuisine, nous rejoignions ma tante dans les serres, dont les volets de plastique avaient été relevés.

La révolution avait relancé la culture des œillets, mais ma tante disait que c'était provisoire. Après les premières semaines, où chacun avait acheté une fleur pour la mettre à sa boutonnière, sur son chapeau, sur le guidon de son vélo ou accrochée à sa porte, après que les Portugais avaient offert à leurs proches un bouquet et que les œillets avaient supplanté les roses, il semblait que la demande se tarissait, et c'était difficile pour ma tante et mon oncle de produire, de livrer, de conserver, puis, de plus en plus souvent, de jeter les fleurs fraîches qui passaient en quelques jours de vie à trépas, perdaient de leur éclat, et fanaient doucement entre les mains de ceux qui les avaient cultivées avec tant de soin. L'hiver, ma tante organisait les semis, s'occupait d'enfouir les graines dans des godets ou des terrines emplis d'une terre de mélange, et c'est là que les fleurs mortes avaient leur utilité. Elles s'étaient décomposées pendant l'automne, réduites à un long pourrissement, et ce compost mêlé à une terre vierge et sableuse donnait le meilleur pour planter et espérer de nouvelles pousses.

Le climat permettait de mettre l'hiver à profit pour renouveler les cultures et travailler sous la serre réchauffée par le soleil. Mais, là, nous étions au cœur de l'été et notre tâche était simple, ma tante nous avait montré comment couper les fleurs presque écloses, prévoir une tige d'environ soixante centimètres, puis disposer les fleurs, triées par couleurs, sur un chariot installé à l'ombre, enlever les feuilles sur la partie basse de la tige et veiller à ce que les œillets respirent les uns contre les autres. J'aimais ces matinées occupées à choisir les fleurs, puis en sectionner les tiges avec un sécateur en un geste précis et définitif, avec, logée au ventre, la peur de me tromper, de couper mal et trop tôt, et de risquer de me rendre indésirable. Aussi, les premiers jours, je demandais un peu trop souvent à Linda qu'elle confirme, qu'elle valide, et petit à petit Linda a pris le dessus, elle en a profité pour me mettre sous sa coupe, et quand je me suis plaint du parfum des œillets, lourd et un peu amer, qui me causait des maux de tête, elle a ri doucement, puis elle a fini par se moquer et bientôt par me toiser.

C'était le comble, que ce voyage se transforme ainsi, en journées dominées par le mal de tête, qui s'était changé en de véritables migraines avec vomissements, alors que j'avais mesuré l'ampleur de la mission qui m'attendait, et que je me devais de vivre ces moments pour ma mère, voir le pays avec ses yeux, me gorger d'images, de sensations, de rencontres que j'espérais entreprendre pour pouvoir lui confier tout ce qu'elle avait manqué. J'espérais vivre pour deux, aussi intensément que je le pouvais. Mais les migraines me prenaient presque chaque jour, et confirmaient à Linda et ses parents que je n'étais qu'une petite chose fragile, pas même bon à travailler avec mes mains et me rendre utile. Même cueillir des fleurs, la plus facile parmi les tâches, m'était devenu impossible, à cause du parfum entêtant qui me saisissait dès que je mettais un pied dans la serre, puis déclenchait des douleurs telles qu'il me fallait monter m'allonger pour le reste de la journée. Je m'en voulais de n'être pas plus résistant, et de donner de moi cette représentation décevante.

Je sentais que mon oncle me jugeait, il avait tenté, les premiers jours, de m'associer aux travaux qu'il entreprenait dans la cour pour consolider un abri, puis il ne m'avait plus sollicité, alors que j'avais transporté avec succès un lourd sac de ciment que j'avais mélangé avec du sable comme il me l'avait montré. Je n'avais pas compris pourquoi il avait poursuivi sans moi. Sans doute n'étais-je bon à rien, ni couper du bois, ni transporter des pierres sur ma frêle charpente, ni même cueillir des fleurs, et je me suis souvenu que Max ne voulait pas m'emmener sur les pylônes électriques à cause de mon manque de résistance. J'avais honte de ce qui était en train d'arriver. D'autant qu'un jour mon oncle avait dit comme mon père avait été courageux. Il n'avait jamais renoncé à son travail de manutentionnaire sur le port, même aux moments les plus difficiles, il avait chargé sur ses épaules plus de poids que je n'en porterais en toute une vie. Et pendant que mon oncle parlait en buvant du vin, assis à la table, je comprenais que la mort de mon père l'affectait d'autant plus que son unique fils n'était pas à la hauteur, tout juste bon à caresser un chat.

J'avais senti, quand j'avais donné des nouvelles d'Oceano, que je ne trouvais pas d'écho chez ma tante et mon oncle, peu enclins à s'émouvoir pour un chat, même s'il était un chat portugais rescapé de la grande tempête. Aussi j'avais caché que Max m'empêchait de le laisser entrer dans la maison. Je ne voulais pas donner une mauvaise image de Max, dont ma mère avait dit qu'il prenait bien soin de moi, une falsification qui ferait mieux passer la réalité de sa nouvelle vie. Elle avait préféré insinuer que c'était moi qui avais besoin d'un père de substitution plutôt qu'elle d'un nouveau mari, cela était plus facile à entendre, plus noble et généreux.

Ce jour-là, mon oncle n'était pas allé livrer les fleurs, sa camionnette était garée dans la cour, et ma tante préparait le repas de midi qu'on emporterait avec nous. Il avait décidé que nous ferions la route jusqu'à Peniche, à une centaine de kilomètres. Je n'avais pas eu le temps d'y penser, et pourtant, pendant la nuit j'avais rêvé qu'on tirait un feu d'artifice depuis la forteresse et que c'était ma mère qui y était enfermée. Linda avait prévu de lui offrir des fleurs, mais ce n'était pas Linda qui portait les œillets dans le tissu de sa robe qu'elle relevait sur ses cuisses, mais mon autre cousine, Joëlle.

Nous avons démarré et j'ai compris que les choses sérieuses commençaient. J'avais jusqu'alors vécu des journées anodines, le temps de me familiariser à nouveau avec le pays, de m'immerger dans la langue et le passage si lent des heures loin de la ville. Je n'avais pas encore saisi l'histoire en marche, et je me contentais de prendre ce qu'on me donnait, de regarder ce qu'on me montrait.

Mon oncle avait ce matin-là une voix particulière et sa détermination se sentait dans la façon dont il avait démarré la camionnette. Linda avait demandé si nous irions nous baigner sur la plage de Peniche, ma tante avait soupiré en guise de réponse puis avait précisé qu'on n'y allait pas pour cela. C'était la première fois que je montais dans la camionnette, la conduite de mon oncle était nerveuse et j'aimais la manière dont il passait les vitesses, après avoir poussé le moteur à fond. Tout était brusque dans sa conduite, ses arrêts, ses changements de direction, ses démarrages. Ma tante poussait parfois un cri et mon oncle s'en plaignait, tentait de la contenir puis finissait par l'engueuler.

Nous n'avons pas pris la même route que l'autocar le jour où Lydia nous avait accompagnés en ville, et nous avons bientôt aperçu Lisbonne au loin, nous avons longé une immense étendue d'eau qui n'était pas l'océan mais le Tage, puis mon oncle a dit que nous allions emprunter l'un des ponts les plus longs du monde, il a ajouté qu'il avait été construit par les Américains et venait juste de changer de nom. Le pont Salazar était devenu pont du 25-Avril. Mon oncle était fier de me donner ces informations. C'est un pont suspendu qui ressemble au Golden Gate de San Francisco, que personne dans la voiture ne connaissait, mais cette précision qu'avait apportée mon oncle le remplissait d'aise, comme s'il y était pour quelque chose, comme s'il prenait une revanche. Et il avait raison, c'était impressionnant de rouler sur le pont, en une traversée qui n'en finissait pas, les vitres ouvertes au-dessus du fleuve, avec l'air qui s'engouffrait dans l'habitacle, et les cheveux de Linda qui flottaient près de moi.

Cette virée vers Peniche était irréelle, lumineuse et vivifiante, comme si nous nous préparions à vivre un bon moment, seule ma tête exigeait que je ne me laisse pas enivrer par la légèreté de l'atmosphère, nous allions voir la dernière demeure de mon père, et cela méritait un peu de gravité. Nous avons fini de traverser le pont et le retour à la terre ferme marquait une étape, comme si nous avions franchi un cap. Après avoir été grisés par la beauté du paysage et la prouesse architecturale de l'édifice, nous avons rejoint des routes plus ordinaires, étroites et mal entretenues, mon oncle évitait les nids-de-poule et la camionnette avançait parfois au ralenti.

Je n'ai pas eu besoin de me préparer avant de voir la forteresse, Peniche est apparue d'un coup sur ma gauche, j'ai eu sous les yeux tout à la fois, le port, la plage, puis le fort, posé là sur le bord de mer, minéral, décati, plus gris que blanc. Rien d'impressionnant ni d'effrayant. Un bâtiment qui s'intégrait dans la roche et les falaises au-dessus de l'océan, et dont l'unique tourelle présentait des meurtrières. Mon oncle a garé la camionnette et nous sommes descendus en silence, le vent nous a saisis violemment, et d'un coup j'ai eu froid. Mes bras nus se sont contractés en même temps que ma mâchoire et mes abdominaux, mes jambes ont été parcourues d'un frisson violent, comme si j'entrais dans les vagues et me laissais emporter par le courant.

Il fallait avancer, et je ne pouvais pas bouger, il fallait me mettre en marche et aller constater de près que, sur le haut de la bâtisse, nous pouvions apercevoir des lucarnes, et imaginer que, derrière ces ouvertures, mon père avait vécu ses dernières journées. Mon oncle est venu vers moi, et, pour la première fois, il a mis son bras sur mon épaule, puis sa paume est venue se plaquer sur ma nuque, qu'il a saisie puissamment, avant de relâcher son geste qui en disait long, et c'est ce geste d'homme, plus sûrement que la vision de la forteresse, qui m'a autorisé à laisser venir l'émotion. J'ai eu l'impression, alors que nous avancions en file indienne vers une allée enjambant des arcades, avec les vagues qui s'engouffraient sous nos pieds, j'ai senti, en remettant mes jambes en route, que le moment était venu d'aller à la rencontre de mon père. Il me fallait être à la hauteur. Je n'ai pensé à rien, je me disais simplement c'est ici, c'est ici. J'avais la naïveté de croire que mon père allait apparaître, ou seulement sa voix, ou encore sa silhouette derrière les barreaux de sa cellule. Je me disais concentre-toi.

Mais je savais que mon père ne viendrait pas, il ne serait jamais là où je le chercherais. J'ai compris, face à l'océan, que les lieux ne révéleraient jamais sa présence, ni les rues de Lisbonne, ni la place au cactus, ni les docks, ni même la masse compacte de la forteresse entourée de palmiers, où il avait passé plusieurs mois, aucun endroit ne me relierait à mon père, pas même la langue portugaise, ni les paysages, les odeurs, l'écume à la crête des vagues, ni la chaleur de l'été dans laquelle je l'avais traqué. Il me restait à descendre près de l'eau et à vaincre la falaise. J'avais besoin de bouger, d'agir et de montrer à mon oncle que j'avais de la force, lui qui croyait que je n'étais qu'une fillette. J'ai entraîné ma tante et ma cousine derrière moi, j'ai dit que d'en bas nous aurions un meilleur aperçu de la façade, que nous pourrions évaluer la façon dont le fort devenait une île à marée haute, ce qui était la raison qui avait poussé autrefois à sa construction. Le bastion avait vu défiler beaucoup de monde depuis des siècles et l'histoire du Portugal s'y était inscrite, il avait hébergé des Boers à leur retour du Mozambique, expliquait mon oncle, emprisonné des soldats allemands, pour finir par incarcérer les détenus politiques pendant la dictature de Salazar, cela je le savais.

Nous marchions sur le sable près de l'eau, Linda avait enlevé ses chaussures et se trempait jusqu'aux genoux, elle disait que l'eau était bonne. Ma tante portait un chapeau de paille, mais elle avait dû l'enlever à cause du vent. L'océan captait toute notre attention, des rouleaux puissants déferlaient et venaient se briser sur le bord dans un fracas impressionnant, nous ne pouvions plus nous parler, le grondement couvrait tout, et il fallait prendre garde qu'une vague ne vienne pas nous saisir pour nous emmener au large. Mon oncle disait que la marée était montante, il fallait nous méfier. Il a demandé à Linda, qui ne savait pas nager, de rester sur la plage, tomber dans l'eau était vite arrivé, et après c'était trop tard, les remous étaient tels qu'on ne pourrait pas lui porter secours. Il avait en mémoire de nombreuses histoires de pêcheurs qui s'étaient fait avoir par le reflux, tout à fait à l'aise sur leur petit bateau, musclés, résistants, chevronnés, mais totalement vulnérables une fois tombés à l'eau. L'océan ne m'intéressait pas, j'essayais d'évaluer la hauteur de la falaise qui faisait, par endroits, un soubassement à la citadelle. Je me demandais comment Álvaro Cunhal et sa bande avaient fait pour s'évader, en voyant les lieux, cela était incompréhensible. Ils avaient été dix à se faire la belle, cela avait été un événement, c'était Luis qui avait raconté un soir quand nous habitions chez lui. Cela m'avait marqué, dix hommes qui réussissent une évasion, c'est la plus belle histoire qu'on puisse imaginer.

J'ai commencé par marcher sur les rochers, qui avaient succédé au sable, Linda avait voulu me suivre mais, déchaussée, elle se tordait les chevilles. Puis je sautai de pierre en pierre, j'évitais de glisser sur la mousse et la roche mouillées, quelque chose me portait. Je me suis approché de la paroi et je me suis servi de mes mains dès les premiers mètres, les nombreuses aspérités me permettaient de caler mes pieds confortablement. L'escalade n'était pas difficile, la roche était irrégulière, mais elle s'effritait, ce qui m'obligeait à réfléchir avant de décider d'une prise. Ma tante s'est mise à crier, me demandant de redescendre, mais qui pratique l'escalade sait que descendre est impossible, il n'y a pas d'autre choix que d'avancer. Je me hissais sans peur, tout me réussissait, si ce n'était le vent qui me prenait dans le dos, tournoyait contre la roche et m'envoyait dans les yeux une poussière aveuglante. Je tenais, me crispais mais la progression était possible. Mes jambes étaient plantées bien fermement, j'étais calme et concentré, comme à l'entraînement. De l'herbe poussait parfois dans une fente et il fallait que j'évite de m'y agripper, le végétal était un piège, même si la prise était tentante. J'avais trop peu pratiqué en extérieur pour être sûr de moi, mais mon instinct m'accompagnait.

Je me hissais plus lentement, j'avais épuisé mon premier capital d'énergie, et c'était à présent mon cerveau qui allait m'aider, plus que mes muscles. Je savais que, en dessous, Linda et ses parents m'encourageaient, et leur présence était un support précieux.

Je voulais vaincre la falaise, être comme ces mouettes qui nichent au-dessus du vide, libres et inaccessibles. Mes mains ne me trahissaient pas, elles s'accrochaient puissamment, comprenaient la texture de la roche, et, comme nous l'avait démontré notre entraîneur, je sentais que mon corps ne pesait pas mais disparaissait au contact de la matière, s'incrustait dans la paroi. C'était mental, il fallait que je le veuille. Mes jambes hésitaient avant de choisir l'appui, puis décidaient. J'étais à quelques mètres au-dessus du sol, pas encore très haut. J'avais évalué que l'ascension était à ma portée, ce n'était pas une falaise abrupte ni vertigineuse, mais seulement un mur incliné, faussement escarpé, qui rejoignait la route, et j'avais eu un élan qui ressemblait à une pulsion de défi. Un désir subit m'avait pris, il me fallait m'élever, me mesurer aux éléments, me hisser tout en haut et ne pas tomber. Tout en restant dans le regard de mon oncle qui me verrait peut-être autrement. Je n'étais pas un gagnant, je n'avais aucune force de caractère, je ne sais pas ce qui m'avait ainsi porté, mais il me fallait à mon tour m'évader.

Nous n'avons pas pu entrer dans l'enceinte de la forteresse, dont le portail était fermé. Aucune indication ne mentionnait si des hommes vivaient à l'intérieur, ni si des gardes y travaillaient encore. Le bâtiment nous tenait à distance et cela m'allait, je n'avais pas envie de fouler les lieux que mon père avait foulés, de franchir les mêmes portes, de prendre sur mes épaules l'inquiétude qui avait dû être la sienne. L'étrangeté de l'endroit mettait mal à l'aise, le contraste entre la lumière si vive, le ciel immense, la puissance de l'océan qui propulsait une énergie intense et le repli obscur des cellules, l'exiguïté dans laquelle les corps avaient été confinés, l'immobilité obligée, l'arrêt définitif. Je ne comprenais pas cette réalité, le bloc de pierre compact devant l'horizon, l'espace à perte de vue et l'étouffement dû à la crise d'asthme. Je ne savais pas si mon père était mort là après avoir été interrogé, ou transporté à l'hôpital, il y avait un flou, une vérité insaisissable.

Mon oncle avait remis la main sur mon épaule et nous marchions vers la camionnette. Je n'étais ni déçu ni rassuré, il ne s'était rien passé qui aurait pu m'apaiser, simplement je ne parvenais pas à faire coexister les images. Mourir en plein ciel étaient les mots qui me venaient, même si, de sa cellule, mon père ne voyait sans doute rien du ciel. Avant de repartir, mon oncle, qui voulait changer de sujet, nous a parlé des baleines qu'on pêchait autrefois sur cette côte, et qu'on dépeçait sur la grande plage nommée par la suite Baleal, où nous irions pique-niquer. On ne pouvait pas manger là devant le fort, ni même encore simplement y respirer.

La plage aux baleines était déserte, tout le contraire de la plage au bord de la Méditerranée où nous étions allés avec Max, surpeuplée. C'était mon retour au bord de l'océan, c'était sauvage et épuisant. Je sentais comme je perdais mes forces ce jour-là. L'océan me demandait trop, me prenait mon énergie, et me fascinait en même temps. Des surfeurs attendaient la vague, allongés sur leurs planches, c'était la première fois que j'en voyais ailleurs qu'à la télévision. Une mode tout juste arrivée d'Amérique, disait mon oncle. Les surfeurs se levaient, tous en même temps et cherchaient l'équilibre, puis glissaient comme des anges dans le creux du rouleau. Je ne pouvais détacher les yeux de leurs silhouettes, Linda était comme moi, hypnotisée. J'aurais aimé être un surfeur, et ne penser à rien d'autre que dompter la vague, fendre l'air à la surface de l'eau.

J'étais arrivé au bout du voyage, plein ouest, et je ne pouvais rien faire d'autre que marcher, pieds nus sur le sable brûlant. J'avais envie d'être seul et j'ai pensé à ma mère, je me suis demandé si elle connaissait la plage aux baleines.

Les lieux résistaient, ne livraient rien du passé. Il n'y avait pas de place pour mon père dans le Portugal d'aujourd'hui. De Peniche on disait que la prison serait bientôt transformée en musée, non pas un musée de la Révolution mais un musée dédié aux lacets tressés à la main par les femmes, la spécialité locale, et cet hommage futur me faisait mal. Mon père était mort derrière les murs de cette forteresse, et ce qu'on retiendrait ce serait l'artisanat des lacets tressés en bobines. Pour ne pas effrayer les touristes européens, avait expliqué mon oncle. Il m'avait dit que le pays allait s'ouvrir, que des devises allaient entrer, on ne pouvait pas vendre des geôles et de la douleur. Mon père était voué à disparaître, petit à petit, son nom ne serait mentionné dans aucun livre d'histoire, et sans doute sur aucun monument.

Puis c'est moi qui ai demandé pour le cimetière, je me disais qu'il fallait y aller aujourd'hui, ensuite je n'en aurais plus la force. À Lisbonne, nous avons emprunté les rues étroites de notre ancien quartier. Nous sommes passés devant l'école et j'ai reconnu la porte d'entrée, la cloche installée juste au-dessus. Nous avons garé la camionnette sous des eucalyptus, nous avons franchi un portail de fer forgé, puis avons marché tous les quatre dans l'allée centrale, pavée de mosaïques. Nous ne parlions pas. Nous avons tourné à gauche, avons longé des tombes surmontées de croix de ciment blanches. Tout était blanc, les stèles, les pierres, avec de la céramique partout. La tombe de mon père était là, blanche également, très dépouillée avec malgré tout une photo en médaillon, et c'est son visage sur la photo, que je n'avais pas revu depuis six ans, qui m'a fait m'accroupir puis me plier en deux, puis bientôt me tordre tant l'esquisse du sourire sur la photo était le trait qui me le rendait d'un coup. C'était puissant et inattendu, c'était comme un éclair.

Sur la pierre, son nom était gravé et c'était aussi mon nom. Il y avait un bouquet d'œillets rouges dans un vase, aussi frais que s'ils avaient été déposés le jour même. Ma tante a dit que c'était peut-être ma grand-mère paternelle, que personne ne voyait plus parce qu'elle avait préféré couper les liens. Je me contentais de l'explication, je n'avais pas envie d'ajouter des nœuds aux nœuds déjà existants. Je voyais juste comme le rouge était éclatant sur le blanc, et comme mon père me regardait. Mon oncle a demandé ce que ferait ma mère à sa mort. On l'enterrerait avec mon père à Lisbonne, et pas avec ce Max ?

Ce soir-là j'ai eu envie de me coucher de bonne heure, pour repenser à la journée, revoir les images, les surfeurs, l'océan agité, et le bouquet d'œillets près du visage de mon père. Il m'a semblé que le jour se couchait plus tôt, légèrement, c'était bientôt la fin de l'été, les derniers rayons du soleil passaient sous la persienne de la chambre et donnaient au mur une lueur particulière. Demain je prendrais un bain de soleil dans la cour, si je n'avais pas mal à la tête, et je garderais la chaleur avec moi en prévision du prochain hiver français. La distance n'était pas grande sur le globe terrestre, entre la France et le Portugal, mais j'avais la sensation d'être isolé au bout du monde, trop loin de tout.

J'avais envie que cet été portugais se termine et qu'Ahmed revienne à son tour.

Mais, avant de rentrer, une dernière chose était arrivée. Linda avait compris que je partais le lendemain, Luis et Lydia avaient annoncé qu'ils passeraient me chercher. Elle a ouvert la porte de la chambre au milieu de la nuit et a voulu se glisser dans mon lit. Elle portait sa longue chemise blanche, que j'ai aperçue traversant la pièce quand je me suis réveillé. Je savais depuis le début que Linda voulait que cela arrive. Je n'ai pas bougé, je ne l'ai pas repoussée, je l'ai laissée s'allonger à côté de moi. Elle respirait fort, ne me touchait pas, ne tentait rien, cela aurait été plus simple que nous demeurions ainsi comme lorsque nous étions plus jeunes, mais le désir la traversait et elle avait du mal à y renoncer. Elle avait forcément senti qu'elle me laissait indifférent, ou, plus encore, qu'elle créait chez moi une répulsion que j'avais tenté de dissimuler pendant les semaines passées ensemble. J'aurais préféré être ému par sa présence, aussi je me suis encouragé à me laisser toucher, j'ai tout fait pour que mon ventre brûle, pour que mon cœur s'emballe, cela aurait été rassurant pour elle comme pour moi, mais chaque fois que je m'étais approché d'elle, que j'avais respiré dans sa nuque tandis que nous arrosions les fleurs, chaque fois que j'avais aperçu son visage dans la lumière de la serre, une petite décharge électrique avait rétracté mes sens, avait agi pour que je reste à distance, et malgré tous mes efforts pour que j'accepte d'aimer Linda, j'étais incapable du moindre geste de tendresse, l'idée même obstruait ma gorge.

Elle était à côté de moi sur le matelas et il fallait que tout s'arrête, il fallait qu'elle regagne sa chambre, une peur me gagnait comme je n'en avais jamais connu, poisseuse et paralysante, qui allait me faire commettre un geste cruel. Je sentais que montait le dégoût alors que rien n'était si grave, je n'avais qu'à la serrer dans mes bras et puis ce serait tout, je lui donnerais au moins une étreinte et un baiser léger sur la joue, cela n'était pas le bout du monde. Mais je me raidissais comme si un meurtrier s'était introduit dans mon lit, et je me trouvais lâche, je me disais que demain je serais dans la voiture en direction de la France et que cela n'aurait pas d'importance. Il valait mieux me laisser approcher pour ne pas éveiller les soupçons, et ne pas vexer ma cousine si brave et hospitalière. J'avais tout à gagner à caresser à mon tour ses épaules, ou le haut de son torse, je pouvais bien faire un effort.

Alors j'ai fini par tendre le bras, j'ai effleuré l'arrondi de sa joue, puis l'ai serrée contre moi mais en évitant que ses lèvres ne se plaquent contre les miennes, mon ventre a basculé vers le sien mais en toute mollesse, j'ai insisté pour que nos cuisses se mêlent, puis les jambes sur leur longueur, et j'ai enfoui ma tête dans son cou, comme si c'était une preuve de désir. Je le lui ai fait croire, cela a duré quelques secondes. Puis j'ai chuchoté qu'on ne pouvait pas, qu'il ne fallait pas, comme si j'en avais le regret, j'ai fait croire à mon courage de stopper net notre élan, j'ai montré qu'il m'en coûtait. Et je suis allé au bout du mensonge, je lui ai dit comme c'était dommage qu'elle ne soit pas venue plus tôt. Elle s'est assise, elle était comme un animal apeuré dans l'obscurité, puis elle a quitté la chambre et j'ai vu la silhouette blanche avancer dans la pénombre. Je tremblais encore d'avoir eu sa peau contre la mienne, moite et odorante. J'avais hâte de m'endormir et de quitter cette maison.

QUATRIÈME PARTIE

Je ne sais pas ce qui avait été le plus fort au retour, revoir ma mère, retrouver Oceano ou savoir qu'Ahmed rentrerait bientôt. Ma mère était à la maison comme si elle n'avait pas bougé depuis notre départ. Elle préparait un repas pour nous accueillir tous sur la terrasse. Elle avait les joues rouges d'avoir cuisiné, et pour une fois elle préparait des plats portugais, sans se laisser influencer par Max qui préférait la cuisine méditerranéenne. Mais il n'y avait pas tant de différences entre les deux, le veau à la mode de Lisbonne se servait avec des pommes de terre, du chorizo, du paprika et un doigt de porto. Elle n'écoutait plus Max qui, de plus en plus souvent, voulait mettre en avant sa différence, qu'il distillait en de petites phrases énoncées sur le ton de l'humour.

En présence de Luis et Lydia, Max se montrait aimant avec ma mère et même avec moi. Ce jour-là, il mima le bonheur des retrouvailles, porta ma valise, et voulut savoir si chacun n'était pas trop épuisé. Il prenait ma mère par l'épaule, faisait remarquer comme il avait veillé sur elle pendant notre absence, tant le travail à l'usine l'avait fatiguée avant les vacances. Il proposa le meilleur siège à Lydia et, quand il s'aperçut qu'après mille kilomètres elle préférait rester debout, il l'invita à prendre une douche ou à aller s'allonger en attendant que le repas soit servi. Il jouait l'homme prévenant. Il dit aussi à la cantonade comme j'avais manqué à Oceano, qui n'avait cessé de me chercher pendant ces quatre semaines. Ce fut lui qui appela le chat, encore et encore, et qui lui donna à manger, pour prouver qu'il était bon et sensible. Il caressa Oceano, ce que je ne l'avais jamais vu faire, et j'en voulus à mon chat de lui rendre son affection, mais Max ne s'attarda pas et se concentra sur l'apéritif qu'il était temps de servir.

Je restai dehors avec Oceano, qui me léchait les poignets, et donnait de petits coups de tête sous mes paumes, demandant explicitement des marques de tendresse. C'était comme une furie qui le prenait, un débordement de contentement qui me fit mal tant il était criant que je lui avais manqué. C'était simple et sans retenue, un abandon total comme je n'en avais jamais connu venant d'un être humain. Oceano se livrait tout entier à moi. J'en étais presque gêné de le voir m'attacher autant d'importance, me charger de sa confiance sans contrepartie, alors que je l'avais abandonné pendant plusieurs semaines.

Ma mère n'était pas partie en vacances avec Max, parce que Bruno avait eu l'appendicite. Rien n'avait été prévu de toute façon cette année, à cause de l'argent qui manquait. Ma mère était dans le jardin avec Bruno quand la crise s'était déclenchée. Elle racontait qu'il avait vomi, elle avait pensé à une insolation, l'avait fait rentrer dans la maison. C'était le dernier jour de travail de Max, il n'était pas joignable avant la soirée. Bruno était allongé sur le canapé du salon et se tenait le ventre. Il avait tenté de se lever mais la douleur était trop vive, autour du nombril puis du côté droit. L'aspirine n'avait rien apaisé. Ma mère avait eu peur et était allée sonner chez les voisins, que nous fréquentions peu depuis que Max leur avait proposé de faire creuser un puits en commun et qu'ils avaient décliné. Le voisin les avait emmenés à la polyclinique, à l'entrée de la ZUP. Ma mère s'était chargée de tout, et même si l'enfant n'était pas son fils, on avait enregistré le dossier et attribué une chambre à Bruno. Quand Max était enfin rentré, il les avait rejoints puis avait retrouvé la première place. Après l'opération, ma mère avait voulu se rendre au chevet de Bruno avec une bande dessinée qu'elle venait d'acheter. Mais Max l'en avait dissuadée, il avait eu peur qu'elle ne croise la mère de Bruno, il ne tenait pas à une rencontre. Voilà ce que ma mère racontait à Lydia le jour de notre retour, et moi j'entendais depuis la cuisine où je me lavais les mains après avoir caressé Oceano.

Ma colère contre Max montait. J'avais, les premières années, essayé de lui plaire, d'attirer son attention, je voulais qu'il m'aime. Je me souviens de la première fête des Pères dans la maison. J'avais proposé à Bruno de faire un dessin pour son père, et moi, sur la table du salon, j'avais aussi composé un dessin pour le mien. Nous avions écrit en bas de la feuille *bonne fête papa*, et puis, emportés par notre élan, et encouragés par ma mère, nous avions dessiné une grande partie de l'après-midi, pendant que Max, fatigué, se reposait dans sa chambre. Nous avions utilisé toutes les gammes de couleurs, et j'avais aidé Bruno à former les pattes d'un cheval, puis la silhouette d'un dauphin. Nous avions ensuite scotché les dessins sur le mur du salon, et nous attendions que Max se lève de sa sieste, fiers et excités. J'avais écrit plusieurs fois *bonne fête papa* et je m'étais risqué à une *bonne fête Max*, comme ça sans réfléchir. Max avait fini par se lever, il avait traîné les pieds dans ses mules et gagné la cuisine. Il avait les yeux encore pleins de sommeil et regardait dans le vague. Il s'était coupé une tranche de saucisson, nous l'apercevions dans l'ouverture de la porte et nous attendions qu'enfin il entre dans la pièce.

Il nous avait rejoints, mais il avait allumé la télévision sans voir que les murs débordaient de couleurs. C'était inexplicable tant les dessins attiraient l'œil. Nous étions là avec Bruno, en train de tourner dans le salon, et Max nous avait demandé de ne pas faire de bruit, il voulait être tranquille. Alors nous avons commencé à rire, à faire des gestes, je me souviens comme j'étais excité et comme j'avais envie que Bruno soit mon frère. Ma mère se tenait debout près de nous, et c'est elle qui avait demandé à Max s'il ne remarquait rien, elle avait un sourire mystérieux, elle avait dit que les garçons avaient une surprise, ne voyait-il rien ? Max avait aperçu les dessins, il avait jeté un regard rapide en hochant la tête et en esquissant un sourire, mais aucun compliment n'était sorti de sa bouche. Bruno s'était approché de lui, avait expliqué qu'il avait dessiné un dauphin, comme ceux qui avaient accompagné le bateau qui rentrait d'Algérie, alors qu'il n'était pas encore né. Max avait alors passé sa main dans les cheveux de son fils, qui était resté collé contre lui. Et puis Bruno avait ajouté, *in extremis* : « C'est Olivio qui m'a aidé pour le dauphin, il dessine bien. » Max s'était alors levé pour voir de plus près, je retenais ma respiration, il était debout devant le mur, il avait allumé une cigarette, et puis il avait dit : « Bravo, bravo, Olivio, c'est un sacré dauphin. » Ma mère souriait, et moi j'avais été saisi par un espoir fou.

Ahmed était enfin rentré. Je le guettais tous les matins en passant devant son immeuble. J'ai sifflé depuis le parking et il s'est mis à la fenêtre. J'ai dit que nous pourrions descendre nous baigner dans le Rhône. Quand je suis repassé à la maison pour prendre une serviette, Max et ma mère se disputaient dans la cuisine. Je ne me suis pas attardé, Bruno voulait venir aussi mais Max a refusé. Nous marchions dans la rue avec Ahmed et j'étais soudain léger, nous avions l'après-midi devant nous et rien ne pouvait assombrir nos retrouvailles. Nous nous contentions de marcher du même pas sur le trottoir, au même rythme, et nous nous retenions de ne pas nous toucher. Nous n'arrêtions pas de rire, je l'appelais l'Oranais, et moi j'étais Livio, nous avions passé du temps au pays comme il disait mais nous n'avions pas envie d'en parler. Il n'y avait rien de spécial à en dire, ce n'était pas un événement pour lui, c'était juste un lieu de vacances, où il n'irait pas vivre. Il n'y avait pas de travail pour son père là-bas, avec sa jambe abîmée par la polio. Alors qu'ici il avait son poste de magasinier chez Majorette, et le travail à domicile le soir, des châssis de voitures miniatures et des essieux à assembler. Toute la famille s'y mettait sur la table de la cuisine, il fallait de bons yeux et des doigts agiles, Ahmed et son frère étaient des aides précieuses.

Nous sommes passés devant le collège où Ahmed n'irait pas à la rentrée, il allait préparer un CAP d'électricien et changeait d'école. Personne ne traînait dehors à cette heure, le soleil cognait trop fort. Mais cela ne nous gênait pas, nous éprouvions une joie franche et notre allure était rapide. Nous avons remonté l'avenue bordée d'arbres chétifs, nous sommes arrivés au bout du plateau, avons longé le quartier riche avec les stores rayés aux fenêtres, puis nous sommes descendus sur la route qui plonge vers la rivière. Nous avons traversé la voie ferrée et avons longé le chemin de halage à la recherche d'une ouverture dans la futaie, qui nous conduirait au bord de l'eau. Ahmed jouait au dur, et j'essayais de ne pas trop lui montrer mon impatience. Puis quand je m'éloignais pour descendre seul le petit chemin abrupt qui conduisait à la plage, je sentais qu'il ne me lâchait pas des yeux.

Ce n'était pas une plage mais une étendue de galets brûlants avec, parfois, un peu de sable près des arbres, et l'illusion d'un abri sous les branches basses. Nous avons posé nos serviettes et nos vêtements, et avons rejoint le Rhône. Nous nous sommes assis au bord et avons laissé l'eau recouvrir nos jambes. Je disais qu'il fallait attendre deux heures après le repas pour ne pas risquer l'hydrocution, comme me l'avait appris Lydia. Ahmed rigolait, il n'y croyait pas. Il a commencé à m'éclabousser, nous n'aurions pas pu faire autrement. Je l'ai aspergé à mon tour, et il s'est laissé faire, comme si le froid sur le chaud ne provoquait rien, pas un frisson, pas une contorsion, il faisait l'indifférent alors que tout en lui se tendait. Je voyais les filets d'eau couler sur ses épaules et ses abdominaux, je ne quittais pas des yeux les rigoles qui roulaient sur sa peau sans la mouiller vraiment, longeaient la trachée entre les pectoraux puis convergeaient vers le nombril, qu'il avait très noir et enfoncé, avant de se perdre dans les poils de l'abdomen. Il résistait à mes assauts bien élevés, il restait impassible. Puis il s'est levé, m'a attrapé par le cou et, alors que je ne m'y attendais pas, m'a plaqué contre lui puis a mis ma tête sous l'eau. C'était radical et brutal, c'était même cruel. En quelques secondes, je me suis mis à suffoquer. Il a énoncé *la torture de la baignoire* quand j'ai repris ma respiration. Il m'a ensuite consolé dans ses bras, comme s'il me berçait et j'ai repris le dessus, c'était à moi de lui mettre la tête sous l'eau, de faire en sorte qu'il se débatte, qu'il me supplie d'arrêter, mais j'ai continué, j'ai exagéré, je ne pouvais plus faire machine arrière, je pesais de tout mon poids sur son corps immergé, et je sentais que le courant nous entraînait. Alors j'ai lâché, j'ai compris que nous basculions vers autre chose, j'ai pensé à la suffocation, à la crise d'asthme de mon père, les images se sont brouillées. Ahmed m'en voulait de l'avoir pris à son propre jeu, il retrouvait difficilement son souffle, je l'avais effrayé. Il s'est assis à nouveau au bord de la rivière puis a commencé à jeter des cailloux dans l'eau, de plus en plus gros, avec de plus en plus de rage. Il m'a alors insulté. J'avais cru à un désir de nous retrouver avec des gestes tendres, au lieu de cela nous déchargions la violence qui nous habitait. Nous nous sommes séchés et avons rejoint le chemin de halage, un peu sonnés, et déçus à la fois, empêtrés dans nos maladresses. Ahmed a mis son bras autour de mon épaule, comme si c'était un geste viril, et nous avons remonté la côte en nous serrant l'un contre l'autre.

C'était ma dernière année au collège, je me sentais seul et différent. J'aimais apprendre, j'avais besoin de comprendre. Je notais tout ce que j'entendais. Je parlais anglais et espagnol, il n'y avait pas de section de portugais au collège. Max disait que le portugais ne servait pas à grand-chose, sauf si on voulait aller au Brésil, il pensait que l'espagnol était supérieur, permettait de voyager sur toute la planète. Il disait que sa famille était venue d'Espagne, comme une grande partie des pieds-noirs. Je commençais à refuser le jugement de Max, son avis m'insupportait, je me rendais compte qu'il ne me connaissait pas, il prétendait tout savoir, mais il ne savait pas. Au collège, d'autres voix me parlaient, m'ouvraient. Et me protégeaient de la maison. L'école me donnait un prétexte pour m'isoler dans ma chambre chaque soir. Il me fallait lire, écrire, réciter, rédiger, calculer. Cela me plaisait. Je m'accrochais à ce que j'apprenais. Mais c'était difficile avec les autres. J'étais faible et timide, j'avais l'impression que cela sautait aux yeux. Les garçons me regardaient de loin, et les bandes qui se formaient, faussement puissantes et agressives, me tenaient à l'écart. J'étais celui qu'on ignore ou qu'on bouscule dans le couloir, celui à qui on met une tape sur la nuque dans le vestiaire du gymnase, celui qui agace. Je ne me faisais pas remarquer, j'aurais préféré ne pas parler, ne pas avoir à me mesurer. Mais l'école est l'endroit du spectacle, la salle de classe comme un théâtre. J'évitais de lever la main mais les professeurs m'interrogeaient, me donnaient parfois en exemple. Et là je me sentais fléchir, je savais que les autres garçons n'aimaient pas les bonnes réponses, encore moins les compliments. Leur vengeance s'opérait en cours d'éducation physique. C'était discret et efficace, c'était féroce, personne ne me voulait dans son équipe quand nous jouions au basket, je ne courais pas assez vite, j'étais malhabile avec le ballon. Les garçons me proposaient de marcher sur la poutre avec les filles, ou de prendre des cours de danse. Aucun adulte ne remarquait ce qui se passait. Personne ne comprenait, pas même moi. J'étais le bon élève qui rasait les murs, à qui on demandait d'être plus communicatif, plus coopératif.

Les guerres mondiales et les régimes totalitaires étaient au programme. Notre professeur d'histoire nous transmettait une matière brûlante que nous devions admettre sans la contester, parfois sans la comprendre. Nous arrivait d'un coup la première moitié du xxe siècle, avec ses millions de morts, ses stratégies de destruction, ses despotes et sa puissance d'extermination. Les images, nous les avions vues à la télévision, dans des films dont le scénario demeurait obscur. Nous connaissions les obus et l'uniforme des poilus, les avions de guerre qui larguaient des bombes, le nuage atomique sur Hiroshima, les barbelés et les pyjamas rayés, nous avions entendu parler d'Hitler et de Mussolini, du ghetto de Varsovie. Mais nous étions ignorants. Nous avions jusque-là évolué dans un flou protecteur, la guerre était une histoire ancienne, croyions-nous, qui ne nous concernait pas. Je sentais que notre professeur nous en voulait, d'être une génération épargnée par la guerre. Nous n'avions pas le droit de nous plaindre, nous étions des enfants gâtés. Il insinuait qu'il nous manquerait toujours quelque chose, nous n'aurions jamais le droit de juger, seulement celui d'apprendre.

Nous allions devoir nous mettre en tête la chronologie des événements qui avaient pourri la majeure partie du XXe siècle. Mais je ne me reconnaissais pas dans ce *nous*. Le Portugal devait être un détail dont on ne parlait jamais, un pays qui n'avait joué aucun rôle dans l'histoire des deux guerres mondiales. On le mentionnait juste en passant, en l'associant à l'Espagne, un confetti sur la carte de l'Europe, qui regarde vers l'océan.

L'usine avait fait appel aux volontaires pour des heures supplémentaires. Ma mère y restait plus tard le soir. Elle voulait passer le permis de conduire pour ne plus attendre l'autobus et, pour la première fois, Max avait dit on verra, on en reparlera plus tard. Ma mère argumentait, elle pourrait se rendre au supermarché entre midi et deux, plutôt que de perdre son temps. Je la voyais rassembler son énergie, faire preuve de courage, je la sentais gagnée par le désir de vivre des choses nouvelles. Elle avait voulu refaire la tapisserie des chambres. Après le repas du soir, elle feuilletait des revues de décoration sur la table de la cuisine. Elle parlait de coudre des rideaux, de recouvrir le canapé d'un nouveau tissu. Elle rêvait d'une autre vie, et comme, pour l'instant, elle ne pouvait pas s'échapper, elle voulait modifier les couleurs de la maison.

Max parlait d'argent, il opposait toujours les problèmes d'argent. Il rappelait comme la pension qu'il versait à son ex-femme lui coûtait. Max travaillait sur un chantier en montagne et partait pour la semaine. Il installait des lignes à haute tension sur des pylônes monumentaux qui enjambaient la vallée. Il disait c'est du costaud, on est obligé de prendre des risques. Il était heureux d'encaisser le montant des *heures découchées*. Quand il rentrait le week-end, il ne parlait que du travail avec ma mère, qui racontait aussi l'usine, les mesures de sécurité, les nouveaux équipements, les cadenas du vestiaire, le comité d'entreprise, les syndicats. La conversation valsait d'une bouche à l'autre, et chacun avait l'air de minimiser les difficultés de l'autre, chacun prétendait avoir la palme du travail le plus pénible, et j'avais face à face deux travailleurs valeureux dont l'un finissait par avoir le dessus. La chaîne de montage, tout le monde connaissait, il n'y avait pas tâche plus ordinaire, alors que s'élever dans le ciel pour installer des câbles électriques, il fallait un talent spécial, ce n'était pas donné au premier venu.

Pendant l'absence de Max, Ahmed venait tous les jours à la maison après les cours. Nous mangions ce que nous trouvions dans le placard de la cuisine, nous allumions la télévision et restions collés l'un à l'autre sur le canapé. Puis nous montions et ouvrions le velux malgré le temps maussade. Après une inspection du quartier, un coup d'œil au parking sur lequel s'allumaient les lampadaires, nous revenions à nous et restions à l'abri dans la chambre. Nous ne faisions rien de particulier mais nous avions besoin d'être ensemble, il n'était plus possible de nous séparer. Ahmed partait avant que ma mère rentre, nous repoussions l'échéance de plus en plus tard. Quand Max est revenu de son chantier lointain, il n'était plus question qu'Ahmed entre dans la maison, il fallait que je trouve des prétextes, que j'invente des stratagèmes pour aller le retrouver. C'est là que j'ai commencé à mentir, à inventer des scénarios compliqués. Je sentais monter en moi l'envie de partir. Je réfléchissais à une fugue, mais je ne voulais pas inquiéter ma mère. La nuit, je dormais toujours aussi mal, j'avais le temps de penser bien plus qu'il n'aurait fallu, tout y passait, l'avenir, l'espoir de m'enfuir, et toujours je revenais sur la plage aux baleines. Ahmed était exigeant, il demandait de plus en plus de présence. Alors je prenais des risques. Je ne me contentais plus de sortir par le velux et de m'asseoir sur le toit, je marchais sur les tuiles et j'essayais de repérer les possibilités de me sauver, mais le toit était haut et je ne parvenais pas à trouver l'endroit pour me suspendre puis pour sauter sur le sol derrière la maison.

La cabane des brûlés était vide. Nous y étions revenus souvent sans oser approcher. Nous avions exploré les alentours un après-midi pluvieux, en quête d'un abri, à la fois inquiets et excités. Nous étions restés postés à l'orée du petit bois, tendant l'oreille, à l'affût du moindre bruit. Depuis quelque temps, il n'y avait plus de fumée qui sortait par la cheminée. C'était un signe qui ne trompait pas. Ahmed marchait devant avec son couteau à la main. Nous avions fait le tour du périmètre et n'avions rien vu bouger. Le tas d'ordures derrière la cabane était le même, mêlant des épluchures, des morceaux de bois, des objets cassés, des vêtements déchirés, une bassine de plastique blanc. Nous marchions dans la boue et cherchions un endroit pour entrer. Il y avait un rideau pendu devant une porte de planches, avec des fleurs rouges. Le bruit de la pluie nous faisait parfois sursauter.

Ahmed a tiré la porte et a attendu qu'il se passe quelque chose dans la pénombre. Mais rien n'a bougé, il a appelé, brandissant toujours son couteau. J'avançais derrière lui, hésitant et sur mes gardes. Mais il n'y avait personne, les lieux avaient été abandonnés, sans être déménagés. Deux chaises de cuisine en fer se faisaient face, instables sur le sol de terre battue, un petit meuble sans porte abritait encore quelques effets personnels, des couverts, un paquet de sucre en poudre et même un miroir fendu.

Nous pouvions accéder à un espace plus étroit et sombre, comme un corridor, qui débouchait sur une pièce aveugle. Un matelas prenait l'eau qui gouttait du toit. Apparemment, les lieux n'étaient plus habités. Ahmed a voulu protéger le matelas, il est allé chercher une planche dehors et l'a glissée sous la toiture de fortune. L'eau coulait toujours mais au pied du lit cette fois, il a dit qu'il y avait un peu de boulot mais que ce serait parfait. Sous le lit, les bouteilles vides s'entassaient par dizaines, avec des feuilles de papier journal détrempées. Ahmed savait prendre les choses en main, il bricolait, déplaçait, arrangeait les quelques objets qui feraient notre intérieur.

Nous avions désormais un *chez nous*, nous l'avions emprunté à d'autres, mais ces autres nous avaient laissé la place. Nous revenions souvent, nous avions le souci de ranger, de jeter derrière la cabane ce qui nous encombrait, nous nous interdisions de faire du feu dans le bidon devant l'entrée pour ne pas nous faire repérer. C'était un peu comme au camping, nous disposions d'un matelas de mousse, de quelques ustensiles, mais nous n'avions besoin de rien, seulement d'échapper au regard des autres. Nous commencions à parler, et même à parler de nous. C'est là qu'Ahmed m'a dit pour la jambe de son père. Ce n'était pas la polio qui l'empêchait de travailler, c'était autre chose, qui avait à voir avec la guerre d'Algérie. Ahmed me demandait de venir la nuit. Il était temps que j'échappe à Max. Il disait que Max ne pouvait pas me retenir prisonnier plus longtemps.

Oceano avait à nouveau disparu. Et puis, ce que je craignais est arrivé, cette fois on l'a retrouvé mort dans le jardin d'à côté. C'est le voisin qui avait sonné un soir et dit que le chat était couché sous la haie. Il était blessé, à la gorge, et l'un de ses yeux avait été arraché. Nous sommes sortis, ma mère et moi, et Max nous suivait, méfiant à l'égard du voisin. J'ai tendu le bras pour toucher Oceano mais Max m'en a empêché, il a prétendu qu'il pouvait avoir une maladie. Alors je lui ai tenu tête. Pour la première fois, je me suis opposé à lui. Je l'ai dévisagé d'un regard mauvais, devant ma mère et le voisin. Je l'ai même repoussé. Je sentais la violence qui montait. La douleur me brûlait de l'intérieur et a bientôt pris toute la place. Max était responsable de cette douleur. Il se tenait là, et voulait avoir l'air parfait, comme toujours devant les autres. Il faisait mine d'être affecté, il demandait au voisin ce qui s'était passé, est-ce qu'il avait vu quelque chose. Il disait qu'il allait chercher une boîte pour transporter Oceano. Je lui ai coupé la parole, j'ai rétorqué que je m'en chargerais moi-même, ce n'était pas la peine qu'il se fatigue. J'ai retenu mon corps, qui tout entier partait à l'affrontement contre le corps de Max, j'ai empêché mes poignets d'agripper ses bras et son cou, seule ma bouche a craché des paroles déshonorantes, devant le voisin qui restait sans voix.

C'était la première fois que je me rebellais, c'était une crise qui couvait depuis longtemps. Mes paroles se sont changées en cris, j'ai perdu le contrôle, j'ai repoussé Max encore une fois, je lui ai demandé de se tirer de là, de disparaître de ma vue, j'ai dit qu'Oceano était mort à cause de lui, je hurlais, mais Max me faisait face, solide comme un bloc de pierre, il ne pliait pas, et ma mère me demandait de me calmer. Mais je ne me calmais pas, au contraire, ma fureur gagnait en intensité, un coup de pied est parti, que Max a esquivé sans mal, il était bien plus fort que moi. Il a tenté de me ceinturer, de me neutraliser, ce qui était chose facile, mais je continuais à crier dans le jardin du voisin, la nuit était tombée et tout le monde voulait rentrer. Puis Max m'a lâché d'un coup, il est parti vers la maison, me laissant seul avec ma mère devant Oceano.

Là j'ai pensé au pistolet rapporté d'Algérie, la présence de l'arme est devenue réelle, et j'ai eu peur. Je ne savais pas ce dont Max était capable. Max était simplement rentré pour mettre fin au spectacle que nous donnions devant témoins, il ne voulait pas que le voisin soit mêlé à notre vie. Ma mère a trouvé une grande boîte à chaussures qui avait dû contenir des bottes et m'a aidé à y coucher Oceano. Nous avons pénétré dans le salon avec le chat dans la boîte. J'attendais que Max demande de le mettre dehors. J'ai fait exprès, je le provoquais. J'espérais une réaction, j'étais prêt au combat, je l'espérais. Il avait fallu attendre qu'Oceano meure pour l'admettre enfin, à l'intérieur. J'ai dit que j'allais creuser un trou sous le sapin au fond du jardin, puis je me suis ravisé, j'ai pensé que ce jardin était à Max et pas à nous. Il me fallait trouver un autre lieu.

Ahmed m'a aidé à faire le trou, nous n'avions pas de pelle, c'était difficile et presque impossible. Il fallait creuser profond et nous nous heurtions à des cailloux, du remblai, des racines. Nous avions imaginé une tombe au sortir du petit bois à quelques mètres de la cabane des brûlés, là où l'herbe était encore épaisse. Nous triturions la terre avec un morceau de bois, le couteau d'Ahmed et la pioche de jardin miniature de Bruno. Nous étions à genoux, concentrés sur notre tâche, nous soufflions, et bientôt la rage a pris le dessus, je sentais comme la colère qui me gagnait m'aidait à entamer le sol. Nous avons fini par dégager une petite fosse mal dessinée, mais tout de même assez profonde. J'avais enveloppé Oceano dans un morceau de tissu – celui que cousait ma mère pour les rideaux – puis l'avais reposé dans la boîte. Son corps était froid et ses pattes se raidissaient.

Nous avons placé la boîte au fond, sur la terre qui avait une couleur plus brune qu'en surface. Nous avons recouvert avec nos mains puis écrit le nom d'Oceano avec des cailloux. Le soir, j'ai accepté de m'asseoir à la table de Max, j'avais les ongles encore pleins de terre, j'avais refusé de me laver les mains.

Après ça n'a plus été pareil, Max m'adressait de moins en moins la parole, il m'évitait. L'affrontement l'avait changé. Il ne croisait plus mon regard, ne se donnait plus la peine de chercher des sujets de conversation. Il se concentrait sur Bruno, qui semblait être son unique souci. Ma mère évoluait entre nous, je la sentais déchirée, coupée en deux. Nous savions que cela ne pouvait plus durer. Mais elle craignait Max, cela se voyait, elle craignait ses emportements de plus en plus fréquents, déclenchés par des détails, des paroles le plus souvent anodines. Alors je veillais, j'avais grandi suffisamment pour la protéger.

Une nuit, j'étais sur le toit, incapable de dormir à cause du vent. Une rafale faisait plier le sapin, puis une autre, menaçante, et il me semblait que le tronc bougeait si intensément qu'il finirait par tomber sur la maison. Je m'étais mis à calculer la hauteur du tronc et la distance entre l'arbre et la toiture, mais mes calculs étaient approximatifs, il m'était impossible de savoir si le danger était réel. Je repensais à la tempête au Portugal l'année où nous avions fui, les dégâts découverts au matin, les serres de mon oncle et de ma tante emportées, la terre rouge amassée contre la façade de la maison, les clapiers envolés et un arbre au fond de la cour, déraciné. Je me souvenais de mon oncle qui avait débité le bois pendant une journée entière, avec une hache qu'il s'acharnait à abattre contre le tronc. Ma tante pleurait, mon oncle serrait les mâchoires. Et Oceano avait fait son apparition, frêle et tremblant, il avait émergé d'un entrelacs de planches renversées.

Il me fallait descendre du toit, le vent allait m'emporter. Alors j'étais rentré et j'avais écouté la charpente craquer. Mon inquiétude grandissait. Il fallait réveiller les adultes. J'étais descendu doucement par l'escalier de bois. Rien ne bougeait en bas, malgré la violence des sifflements du vent qui s'acharnait contre les volets. Puis j'avais entendu les ronflements de Max derrière la porte de sa chambre, prouvant qu'il dormait profondément. J'avais frappé avant d'entrer, c'était la première fois que j'osais toquer pendant la nuit. J'avais frappé encore et j'avais ouvert. Max était allongé au milieu du lit, sur le dos, ma mère n'était pas là. Je n'avais pas osé le réveiller. Il était comme un animal marin échoué sur une plage. Ma mère m'avait entendu, elle avait ouvert la porte de la chambre de Bruno, en face, où elle dormait. Elle était debout en chemise de nuit, les cheveux emmêlés et les yeux gonflés, gênée que je la découvre ici. Pour me rassurer, elle m'avait menti, elle avait dit qu'elle ne supportait pas les ronflements de Max, et elle avait même souri. Nous regardions dehors par la baie vitrée du salon, nous ne savions que faire, nous avons prié pour que le sapin, qui ployait toujours, ne tombe pas. Les volets de l'immeuble d'en face, en claquant sur leurs rails, faisaient un vacarme terrible. Toute la cité était réveillée, il y avait quelques fenêtres allumées, et des silhouettes qui apparaissaient. Seul Max dormait, parfaitement tranquille.

Le lendemain, j'avais fait un mur d'escalade comme jamais. J'avais battu mon record, Tony m'avait encouragé. J'aurais aimé que ma mère voie cela. Je n'attendais plus rien de Max, je savais que c'était trop tard. Je grimpais en me concentrant, sans précipiter mes prises, j'avais gagné en muscles et, depuis quelque temps, cela se sentait. Je me hissais avec le regard de Tony dans le dos, je savais qu'il veillait, qu'il me soutenait. Son regard me donnait de la force et je m'autorisais quelques combinaisons audacieuses, sans toutefois faire le malin. J'avais compris que l'arrogance ne payait pas, il valait mieux répéter encore et encore les mêmes gestes, persévérer avant de prendre des risques. Je montais doucement, j'avançais parfois latéralement, je cherchais le passage, l'endroit où je pourrais répartir équitablement le poids de mon corps. Je progressais contre la paroi, autant avec la tête qu'avec les jambes, je prenais mon temps, comme nous l'avait appris Tony, je n'œuvrais pas en force, mais en délicatesse, comme un félin.

Quand Max allait chercher Bruno le vendredi après l'école, la vie revenait dans la maison. Max se remettait en cuisine, on le sentait fébrile et plein d'idées. Il avait décidé d'aller visiter un parc ornithologique, il avait acheté une paire de jumelles. Il s'intéressait aux oiseaux, les migrateurs surtout, qu'il voyait passer quand il était perché sur les pylônes, les hérons, les cigognes et même les hirondelles, dont il guettait le retour chaque printemps. Il avait installé des nichoirs dans le jardin, et un récipient avec des grains de maïs pour que les oiseaux survivent pendant l'hiver. Un pic-vert nichait dans le sapin, on le voyait parfois s'acharner sur le tronc avec son bec, ou sautiller à même le sol. Max disait que les passereaux revenaient, les mésanges, les chardonnerets, depuis qu'Oceano n'était plus là, les oiseaux repeuplaient le jardin. Et il semblait satisfait que la vie reprenne ainsi son cours. Max voulait aller voir les rapaces qui vivaient dans le parc ornithologique, et la grue royale nouvellement arrivée d'Afrique. Moi je n'en avais pas envie. J'étais trop grand pour les sorties dominicales. Bruno m'en voulait de rester à la maison, il aurait préféré rester aussi.

Quand la voiture s'est éloignée, je suis allé à la rencontre d'Ahmed, et nous sommes revenus à la maison. Nous avions décidé de chercher le pistolet, Ahmed disait que nous en avions besoin pour être en sécurité dans la cabane des brûlés. Nous pourrions faire des exercices de tir comme les soldats du terrain militaire. Nous voulions nous entraîner, nous avions une guerre à mener, qui allait bientôt commencer. Nous sommes entrés dans la chambre des parents, qui était redevenue la chambre de Max. Nous avons d'abord regardé sous le lit, puis ouvert les tables de chevet. Nous avons trouvé un livre érotique de petit format, nous l'avons feuilleté et avons grimacé. Nous avons déplacé les albums photo sans les ouvrir, le contenu de ces meubles me gênait. Je n'avais pas envie qu'on insiste. Nous avons ensuite fouillé la grande armoire à glace. Le linge était rangé en piles rectilignes, au milieu les serviettes, les torchons, les draps et les nappes. D'un côté, il y avait du linge pour femme et, de l'autre, celui de Max. Une boîte a attiré notre attention mais il n'y avait à l'intérieur que des bas et des soutiens-gorge. Puis, sur l'étagère, des foulards, des ceintures, un col de fourrure. Tout en bas étaient rangés les sacs, et sur l'armoire étaient disposées deux valises, dont celle que ma mère portait à notre arrivée du Portugal. Je ne voulais pas qu'on s'attarde trop sur le côté de ma mère, je préférais qu'on aille directement dans les affaires de Max, on avait plus de chance de trouver. Nous plongions les mains au milieu des slips et des maillots de corps, dérangeant un peu les chaussettes et les paires de bretelles. Nous avons trouvé une ceinture Gibaud pour les reins de Max, son point faible, et une rose des sables enveloppée dans un napperon. Puis nous avons découvert un petit vase sur lequel était dessiné un palmier. Ahmed était moins délicat que moi, j'avais peur que ses gestes ne trahissent notre passage. Enfin, nous avons ouvert la penderie, que nous avons passée au peigne fin. Nous avons fouillé toutes les poches de tous les manteaux, imperméables et vestes de costume, nous avons pris garde de ne pas toucher à l'antimite, dont ma mère disait que les boules étaient mortelles. Je suis monté sur un tabouret et j'ai inspecté le premier rayon, tâtant chaque pull-over, chaque tee-shirt, puis le rayon du haut, et nous avons dû admettre que le pistolet n'était pas dans la chambre. Max était plus malin, il l'avait sûrement caché ailleurs, peut-être dans le garage ou la cabane au fond du jardin. Je voulais que nous en ayons le cœur net, j'étais excité à l'idée de trouver l'arme.

Mais Ahmed a pris un chapeau de ma mère et l'a mis sur sa tête, pour rire. J'ai ri aussi mais je lui ai demandé d'arrêter. Puis il a noué un foulard autour de son cou. Après il a choisi une robe qu'il m'a invité à fermer dans son dos. Il avait gardé son jean en dessous et l'effet était comique. C'était la robe rouge que ma mère portait au Portugal, et que j'aimais. Il a enlevé son jean et ses chaussettes et voulu trouver des escarpins. Puis il a ôté mon pull, je ne savais pas si je devais me laisser faire. Il a choisi pour moi un chemisier à fleurs et une jupe avec un volant. J'ai ajouté une écharpe à paillettes que ma mère avait reçue en cadeau d'anniversaire, et nous sommes allés chercher les chaussures dans le meuble de l'entrée. Nous avons choisi les plus osées et nous sommes regardés en souriant. Et bientôt nous avons pris des pauses devant le grand miroir de l'armoire. Nous avons passé des colliers et mis des boucles d'oreilles et avons gagné la salle de bains, où ma mère rangeait ses produits de maquillage. Nous avons commencé par le rouge à lèvres, et je me suis mis à trembler. Je me rendais compte de ce que nous faisions et je voulais arrêter. Mais c'était trop tard, Ahmed me demandait de tendre les lèvres pour qu'il y applique un rouge vif. Je n'aimais pas mon image dans le miroir. Je ne savais plus si nous étions en train de jouer. Ahmed mettait du bleu sur ses paupières, puis du noir sur ses cils.

Soudain j'ai entendu le moteur de la voiture qui approchait et le portail qu'on ouvrait. Le moteur de plus en plus fort, comme si la voiture entrait déjà dans le garage. Nous avons récupéré nos affaires à toute vitesse, fermé les portes des placards et de la chambre, et nous sommes montés nous réfugier en haut, le cœur tapant aussi fort que si nous avions une armée à nos trousses. Nous étions hors d'atteinte mais Ahmed avait oublié ses baskets et son jean, restés dans l'entrée près du placard à chaussures. Nous tentions d'effacer notre maquillage en même temps que nous commencions à nous déshabiller mais Max s'est mis à appeler. Bruno est venu frapper à ma porte, sans doute le plus normalement du monde, peut-être simplement pour me raconter le parc aux oiseaux. Ahmed a voulu fuir, il a eu peur d'un coup, de la voix de Max, qui appelait de plus en plus fort, il est monté sur le lit et s'est hissé par le velux. J'avais tourné la clé mais Max insistait derrière la porte. J'ai refermé le velux et j'ai enlevé les vêtements de ma mère. Le rouge sur les lèvres était tenace, je frottais à m'arracher la peau. Je sentais Max prêt à donner un coup d'épaule dans la porte, il ne tolérait pas que je refuse d'ouvrir, il voulait savoir ce qui se tramait chez lui. Je tremblais, les larmes montaient.

Ahmed était sur le toit, habillé avec la robe de ma mère, et le visage maquillé. Je l'imaginais tapi sur les tuiles, sans doute allongé, et déjà saisi par le froid du printemps glacé. Ma mère était en bas, tout affolée, elle criait que nous ne devions pas avoir peur. Elle était avec Bruno, qui ne comprenait rien. Max insistait toujours derrière la porte, alors je me suis hissé à mon tour sur le toit. J'ai rejoint Ahmed. Nous avons rampé sur les tuiles, la tête de Max est apparue dans l'encadrement du velux. Et ce fut la panique. Nous n'avions rien à nous reprocher, Ahmed et moi, et pourtant nous nous comportions comme des proies que l'on traque. La peur était plus forte, Ahmed a gagné la partie basse du toit, il a voulu se suspendre, il était pieds nus. Il est tombé. Quand j'ai regardé en bas, il était allongé sur le dos, dans la robe rouge de ma mère. Il ne bougeait pas. C'était une évasion ratée. Nous sommes descendus près de lui. J'ai demandé qu'on l'habille avec ses vêtements avant que les secours arrivent. Il était vivant, il parlait, il m'a dit quelque chose que je ne répéterai pas. Et qui me fait sourire quand j'y pense aujourd'hui.

11516

Composition
NORD COMPO

*Achevé d'imprimer à Barcelone
par* CPI BLACK PRINT
le 15 novembre 2022.

1er dépôt légal dans la collection : juillet 2016
EAN 9782290124758
OTP L21EPLN001919-564927-R2

ÉDITIONS J'AI LU
82, rue Saint-Lazare, 75009 Paris

Diffusion France et étranger : Flammarion